ベースボールを読む

吉田恭子

慶應義塾大学教養研究センター選書

目　次

はじめに――野球例外主義 …………………………… **5**

第1章　ベースボールの履歴書――裏通りから巨大ビジネスへ　**11**

バット・アンド・ボール・ゲーム

遊戯の職業化

ニグロリーグ

デッドボールからライヴボールへ

戦争と野球

拡張の時代
　　　――ナショナル・パスタイムからインターナショナル・パスタイムへ

遊戯の精神――メジャーだけがベースボールじゃない

第2章　ベースボールの文化表象 ……………… **27**

パストラルの詩学

郷愁と風刺

皮肉と感傷

神話と野球文学

マジック・リアリズム

第3章　「なぜ書くか」をいかに読むか
　　　――隠喩媒体としてのベースボール ………………… **45**

イノセンス

めぐる季節

ノスタルジア

逸話が伝える記憶
パストラルの時空間
マジック・リアリズム
野球と民主主義
アメリカの夢、アメリカ人の条件
野球文学の水脈

第4章　最初の野球映画「最期の試合」……… 59
国民的遊戯の創生
走れ、ウィリアム
10人のインディアン──消えゆく先住民たち
文化的食人──人間からシンボルへ
ネイティヴ・アメリカン・パスタイム

第5章　フィールド・オブ・アメリカン・ドリームス ……… 79
父と子の和解の物語
テイク・ミー・トゥー・カムデン・ヤーズ
幸せは緑色
J・D・サリンジャーからテレンス・マンへ
ジェイムズ・アール・ジョーンズの数奇な野球人生
見えない人間たち

おわりに──野球の明白なる運命 ……… 99

読書案内──ベースボールをさらに読む50点……… 102

はじめに──野球例外主義

「アメリカの心と精神を知りたい者は野球を、野球のルールとありさまを学ぶがよい」[1]

フランス生まれで米国に帰化した教育者で野球ファンでもあったジャック・バルザン（1907-2012）のことばは、アメリカにおける野球の重要性を強調するさいに必ず引用される。今日、野球がアメリカ市民一般の心と精神を映し出しているかどうかは疑わしい。しかしここで検討したいのはその真偽ではなく、ファンが抱くベースボール像である。

- 命の営みと同じく春に始まり秋に終わる
- ゆったりとした時間の流れでのびのび遊ぶ球技
- 同時に瞬間のスピードがすべてを決定する

---

[1] Barzun, Jacques. *God's Country and Mine: A Declaration of Love Spiced with a Few Harsh Words.* New York: Little, Brown & Co, 1954. p.159.

- 守備側が球を保持する唯一の球技
- 9人それぞれの特技に応じた役割が割り振られる
- 同時に9人すべて平等に打席のチャンスが与えられている
- 投打の一対一の決闘と自己犠牲を伴うチームワークとが併存する
- 球場外に球を飛ばすことで得点できる唯一の球技
- ファウルラインは無限に伸びる直線であり、野球は無限の空間でプレーされる
- 時間制限によって試合が構成されず、原則的には勝負がつくまで、無限の時間の中でプレーされる
- 帰郷を目的とするゲーム
- 統計的記録が重要な役割を負うことで歴史性を持つ
- 時代を超えて変わらないゲーム

　必ずしも野球だけに当てはまらなかったり、野球の現実を反映していない部分もあるのだが、これらの常套句を総合すると、ベースボールは自然の緩やかな流れと歩調を合わせつつも、ドラマチックな瞬間が前触れもなく訪れ、個人主義的なおかつ民主主義的であり、個人と団体の双方を重んじ、無限の時空間を舞台とする、数字で客観化できる歴史をもった懐古的スポーツであると捉えられている、ということになるだろう。
　野球を「民主主義的」であるがゆえに愛すると告白するファンが日本にどれだけいるだろうか。そして本当の

ところ、野球は民主主義的だろうか。まさしく、野球そのものというより、野球を語ることばこそが、かくあれかしと願う人々の願望を反映しているのだ。

　興味深いのは、野球がしばしば他の球技と比較された上で例外とされる点である。速くない、攻撃側が球を持たない、時間の区切りがない、ラインに終わりがない……と数々の例外によって定義することができるゲームこそが、アメリカの「国民的遊戯(ナショナル・パスタイム)」とみなされている。また、大リーグの優勝決定戦がワールドシリーズと称されるのも、ベースボールがアメリカだけのスポーツであるという意識の現れであろう。バルザンが「神の国であり私の国」と呼んだ原理国家アメリカ合衆国では、ピューリタニズム、共和主義、私有財産の不可侵、明白なる運命論といった国是が「米国例外主義」を育む温床となってきた経緯がある。これに倣い、アメリカのファンがベースボールの「特別」を重んじる気風を「野球例外主義」と呼ぶことにしよう。

　本書の目的は、アメリカの「国民的遊戯(ナショナル・パスタイム)」と称されるベースボールが文学作品や映像作品で表現される際に見られる特徴を分析することで、そこに透けて見えるアメリカ文化の姿、人々の希望と欲望、端的に言えばアメリカの神話としてのベースボールを考察することである。

　競技人口や観客数を見れば、野球はもはやアメリカ第一のスポーツでない。にもかかわらず、人々は今日も飽

きることなくアメリカの象徴としてベースボールに言及する。ベースボールの重要性や象徴性は、このスポーツそのものの世界、いうなればベースボールのプレーの中に自律的に存在するのではない。ベースボールといういわば単なる遊びがことばによって意味づけされるとき、その歴史があたかも首尾一貫した物語であるかのように語られるとき、そのイメージが人々に消費される映像作品として流通するとき、ベースボールは表象され、比喩的媒体としての価値を帯びてくることになる。ベースボールそのものが国戯なのではなく、ベースボールをめぐる表象が国戯としてのベースボールを支えているのだ[2]。しかもベースボールの表象体系は他のスポーツのそれよりはるかに蓄積があり洗練されているため、国家の神話や理想化された過去などのメッセージを伝えるのにきわめて高い効果を発揮する。本書では具体的な小説と映画を題材に、表象されたベースボールを「読んで」いこう。

　本書は5章からなっている。最初に第1章で、ごくごく手短にアメリカ野球の歴史をおさらいしておきたい。つづいて第2章では、文学作品においてベースボールがどのように表象されてきたのか、5つのキーワードを通して簡潔に紹介する。第3章からは、具体的に文学作品と映画作品を扱う。野球や野球小説に慣れ親しんでいる読者は、第3章から読み始めてもらってかまわない。まず第3章では、アメリカの小説家ポール・オースターの掌編「なぜ書くか」（1996）を題材としてテクスト精読

を行う。野球の文化表象にくりかえし現れる特徴を整理することで、隠喩媒体としてのベースボールを「読む」下準備をしてみよう。第4章では、日本でほとんど知られていない最初の野球映画「最期の試合」（1909）を紹介する。この短編映画の分析を通じて、ベースボールがアメリカの国家神話成立にいかに寄与しているか、批判的に検証してみよう。最後に第5章は日米両国でもっとも広く愛されている野球映画『フィールド・オブ・ドリームス』（1989）を扱う。「癒しの物語」と称されるこの作品を多角的に読みこんでいくことで、ベースボールが隠喩媒体としていかに強力な影響力を行使し、アメリカ的価値観を伝播するのか、考察してみよう。

　ところで、日本に住むわたしたちがアメリカのベースボール表象を詳細に分析することにどのような意義があるだろうか。日本人大リーガーの活躍目覚ましい今日、メジャーリーグ（MLB）[3]関連のニュースを目にしない日はない。また、アメリカの野球文化や歴史を紹介する日本語書籍も数多く、野球小説や野球映画も多数翻訳紹介されている。しかし、これらはいずれも消費的受容を

2）　米国大使館のウェブサイトには、「米国のスポーツ」というページがあり、スポーツが米国的価値観（自由・正義・フェアプレー・チームワーク・自己犠牲など）をいかに称揚するものか広報しており、野球にも少なからぬ言及がある。*About the USA.* aboutusa.japan.usembassy.gov/j/jusaj-ejournals-sports.html
3）　独立した組織だったナショナル・リーグとアメリカン・リーグは、2000年に一つの法人 Major League Baseball（MLB）となった。したがって、MLBという呼称は2000年以降の法人に用い、それ以前は大リーグ、メジャーリーグ、プロ野球などと表記する。

目的としている。ベースボールとは似て非なる「野球」を国民的球技として早くから受け入れ洗練させてきた日本において、単なる受け身の姿勢でベースボールを消費するのはもったいない。日本においてこそ、アメリカのベースボール表象に対する批判的視座が発展することに意義がある。そこからより豊かな野球の理解・アメリカの理解・文化表象の理解が生み出されるのではないだろうか。

　またベースボールを、ただ彼の国で語られるままに受け入れるのではなく、批判的に読むということは、ある表象体系に潜在するイデオロギーを炙りだす作業でもある。そのような読解力は、きわめて洗練された情報操作がいかにわたしたちの「共有される価値観」を日常生活のあらゆる側面において形成しているのかを意識する手助けになるだろう。

　このような野心を抱いている本書であるが、野球の文化表象をめぐる問題を網羅するにはあまりにも紙数が足りない。あくまでも文化としてのベースボールを読み始めるきっかけにすぎない。巻末の読書案内では、ベースボールを扱った主要な文学作品や映像作品に加え、ベースボールを批評的に読む手助けとなる日本語・英語の文献・資料を紹介している。これらを手がかりに、ベースボールの無限の時空間に乗り出してほしい。

第1章

ベースボールの履歴書
——裏通りから巨大ビジネスへ

バット・アンド・ボール・ゲーム

　ベースボールの遠い祖先は、広くヨーロッパに分布していた棒球遊戯だと言われている[4]。どの特定の遊戯が直接の原型となったか、研究者の間で結論を見るには至っていないが、イギリスやフランドル地方由来のラウンダーズというゲームや、18世紀中葉にイギリスで流行ったベース・ボールという三角ベースの遊びを、移民が北米に持ち込んだのだろうと言われている。18世紀から19世紀半ばにかけては、ニューイングランドの都市部でさまざまな名称やローカルルールをもつ棒球が遊ばれた記録があり、これらは今日タウン・ボールと総称される。（図1）

---

[4] Block, David, and Tim Wiles. *Baseball Before We Knew It: A Search for the Roots of the Game.* Lincoln: U of Nebraska P, 2005.

図1　英国19世紀の読本に描かれたベース・ボール[5]

　成文化したルールに従って近代野球の原型となるゲームが行われた最古の記録は、1846年6月19日、ニュージャージー州ホーボーケンでの試合である。土木技師アレグザンダー・カートライト Jr.（1820-1892）が率いるニューヨークのニッカーボッカー・クラブがニューヨーク・ナインに4回23対1で敗れた。カートライトが文章化したニッカーボッカー・ルールは、当時一般に流通していたボールより小さく固い球を公式球とし、走者にボールを当ててアウトとするプレーを禁止する一方で、ワンバウンドでの捕球はアウトとみなされ、投手はアンダースローのみ許された[6]。

遊戯の職業化

　その後ベースボールは急速に広まり、1850年代半ばにはすでに「国民的遊戯（ナショナル・パスタイム）」と称されるまでに至り[7]、入場料を徴収するセミプロ興行が行われるようになる。とはいえ、この時点では野球はまだニューイングランドの

図3　北軍捕虜による野球の試合[8]

遊戯、米国北部の都市部のゲームであった。それが全米に伝播するきっかけとなったのが、南北戦争（1861-65）である。（図3）

　ちなみに、野球を日本に紹介した開成学校予科の外国人教師ホーレス・ウィルソン（1843-1927）も、1871年の来日前に北軍の第12メイン連隊に従軍し、ルイジアナで戦っている。

　最初の完全なプロチームはオハイオ州のシンシナティ・レッドストッキングスで、1869年に結成され、セミプロやアマチュアを相手に無敗を誇った。1870年にはシカゴ・カブスの前身となるシカゴ・ホワイトストッキングスが結成される。今日の大リーグの前身とみなさ

5）　大英図書館所蔵 *A Little Pretty Pocket-Book*. 1770. Newbery and Carnan. p.39.
6）　初期近代野球のルール形成については、Block & Wiles の上掲書や Rader, Benjamin G. *Baseball: A History of America's Game.* 3rd ed. Chicago: U of Illinois P, 2008 を参照。
7）　Tygiel, Jules. *Past Time: Baseball as History.* Oxford: Oxford UP, 2000. p. 6
8）　米国国立公文書館所蔵 Boetticher, Otto. "Baseball Game between Union Prisoners at Salisbury, North Carolina, 1863."

図4 主要野球都市

れているのは、1876年発足のナショナル・リーグである。1882年にはアメリカン・アソシエーション（1882-1889）が結成され、優勝チームがナショナル・リーグに挑戦するようになった。（図4）

ニグロリーグ

　草創期のプロ野球は黒人の参加を妨げなかった。オハイオ州で黒人の父と白人の母をもち中産階級の家庭に育ったモーゼズ・フリートウッド・ウォーカー（1856-1924）は、進歩的校風を誇るオバーリン大学の野球チームで活躍した後、1884年、アメリカン・アソシエーションのトリード・ブルーストッキングスに加入し、その後マイナーリーグでプレーを続けた。だが、1889年ごろ、

オーナー同士の不文律紳士協定により、すべてのプロリーグから黒人を追放する同意が成立する。その後約60年間、黒人はオーガナイズド・ベースボール、すなわちメジャーリーグを頂点とするプロ野球界から徹底的に排除されることになる[9]。黒人たちはニグロリーグを組織し、リーグ戦やオールスター戦、ニグロ・ワールドシリーズで都市部の黒人ファンに自分たちの野球を提供する一方で、秋冬には巡業チームを結成し、全米津々浦々、さらに北はカナダから南はベネズエラ、果てはフィリピンや中国、朝鮮半島、日本まで旅をした[10]。中米のウィンターリーグは人種統合されており、メジャーリーガーとの対決が実現した。野球殿堂にもニグロリーグの功績を認めない時代があったが、今日野球史家の尽力によりニグロリーガーの成績が明らかになり、往年のスター選手たちが殿堂入りするようになった。（図5）

デッドボールからライヴボールへ

20世紀初頭にルールが整備され今日の野球ルールがほぼ完成する。同時期に、アメリカン・リーグが結

---

9) 黒人野球の歴史については、Zoss, Joel. *Diamonds in the Rough: The Untold History of Baseball.* Lincoln: U of Nebraska P, 2004 などを参照。
10) 日本では佐山和夫が早くからニグロリーガーの功績を紹介している。『黒きやさしきジャイアンツ』ベースボールマガジン社、1986、『黒人野球のヒーローたち：「ニグロ・リーグ」の興亡』中公新書、1994 など。また以下も参照。吉田恭子「日米野球の黄金時代：散逸した藤田コレクション」『慶應義塾図書館の蔵書』慶應義塾大学出版会, 2009. pp.77-108.

成され、ナショナル・リーグと覇権を争うようになる。1903年にはふたつのメジャーリーグを頂点とするプロ野球機構が整備され、最初のワールドシリーズが開催された。

初期プロ野球のスターとしては、投手ウォルター・ジョンソン（1887-1946）、「クリスチャン・ジェントルマン」と敬愛された投手クリスティ・マシューソン（1880-1925）、日本で「球聖」と崇められた巧打者タイ・カッブ（1886-1961）が挙げられる。

選手たちは、チームオーナーの所有物も同然に売り買いされ、賃金も安く、搾取が甚だしかった。とりわけシカゴ・ホワイトソックスのオーナー、チャールズ・コミッスキーは吝嗇で知られ、ユニフォームのクリーニング代さえ払わなかったため、薄給の選手らは常に汚れたユ

図5　1932年来日したフィラデルフィア・ロイヤル・ジャイアンツ[11]

ニフォームを着ており、他チームの選手たちから「ブラックソックス」と揶揄されていた。このような選手の困窮状態が1919年ワールドシリーズでの八百長をうみ出したといわれている。この八百長事件、通称「ブラックソックス事件」で初期プロ野球は大打撃を被る。

　ファンがプロ野球から離れてゆく中で、大リーグは改革を余儀なくされる。絶大な権力を持つコミッショナー職が導入され、初代コミッショナーにケネソー・マウンテン・ランディス判事（1866-1944）が就任し、記録に残る高打率を誇った伝説的外野手"シューレス"・ジョー・ジャクソン（1888-1951）を含む8名の選手がプロ野球界から永久追放された[12]。

　ルールも一部改正され、唾やワセリンを使って変化球を生み出すスピットボールが禁止され[13]、公式球も「飛ばないボール（デッドボール）」から真っ白な「飛ぶボール（ライヴボール）」へ変更される。塁走と守備のスピードに投手力を競う「小さな野球」から、パワーヒッターの活躍が華々しい「大きな野球」へとプレーが様変わりしていくこの時期に登場したのが"ベーブ"・ハーマン・ルース（1885-1948）

11）Sotheby's with SCP Auctions. *Important Sports Memorabilia and Cards.* New York : Sotheby's, 2007. P.15.
12）「ブラックソックス事件」については以下を参照。Asinof, Eliot. *Eight Men Out: The Black Sox and the 1919 World Series.* 1963. New York : Henry Holt & Co, 1987. 名谷一郎訳『エイトメン・アウト』文藝春秋.
13）1920年のシーズンから禁止されたが、それまでスピットボールを持ち球にしていた選手は従来通りスピットボールの使用が許可された。Okrent, Daniel. *Baseball Anecdotes.* Oxford: Oxford UP, 1989. p.89.

だった。飛ばないボール時代(デッドボール・エラ)にボストン・レッドソックスで投手だったルースは、その長打力をニューヨーク・ヤンキースに買われ打者に転向し、ホームランを量産、野球の黄金時代を牽引した。1927年には年間60本以上のホームランを放ち、生涯通算本塁打714本の記録は1974年まで破られることがなかった。陽気な性格と型破りな品行もファンを野球へ呼び戻す魅力のひとつだった。1923年に本拠地がブロンクスのヤンキー・スタジアムに移転して以降、ニューヨーク・ヤンキースの台頭はめざましく、20年代から40年代にかけて、ルー・ゲーリッグ（1903-41）、ジョー・ディマジオ（1914-99）などのスターが輩出し、メジャーを代表するチームとしての地位を確立した。（図6）

図6 「ルースの建てた家」こと旧ヤンキー・スタジアム[14]

戦争と野球

第二次世界大戦中（1939-45）は選手が次々と徴兵されプロ野球の存続が危ぶまれたが、アメリカに負けず劣らず野球に熱をあげていた日本を敵にして、「国民的遊戯」を絶やすことはアメリカ市民のプライドが許さな

図7 『プリティ・リーグ』

かった。たとえば、戦時協力の一環として、シカゴ・カブスのオーナー、フィリップ・K・リグリー（1894-1977）が全米女子プロ野球リーグ（1943-54）を設立したことは、映画『プリティ・リーグ』（1992）[15]で広く知られている。（図7）

第二次世界大戦はまたナチス・ドイツの民族政策を阻止する戦争でもあった。にもかかわらず、アメリカ国内ではいまだ建前上「分離はすれど平等」の黒人差別政策がまかり通っており、軍隊も例外ではなかった。そのため徴兵された黒人たちのあいだで公民権意識が高まったこと、そしてランディスの死去によりコミッショナーが代替わりしたことで、戦後大リーグはようやく人種統合

14） ニューヨーク公立図書館所蔵 "Aerial View of Yankee Stadium, New York." *The Pageant of America Collection.*
15） Marshall, Penny. *A League of Their Own*, 1992.

に動き出す。2013年に公開された伝記映画『42』[16]に描かれている通り、ブルックリン・ドジャースのオーナー、ブランチ・リッキー（1881-1965）の周到な計画により、UCLA出身でニグロリーグのカンザスシティ・モナクスの内野手ジャッキー・ロビンソン（1919-72）が、黒人メジャーリーガー第一号として1947年4月15日にデビューを飾る。これが単に野球史のみならず合衆国の歴史においていかに象徴的な出来事であったかは、ロビンソンの背番号42番が今日すべての大リーグチームにおいて唯一の永久欠番であることからも明らかであろう。（図8、9）

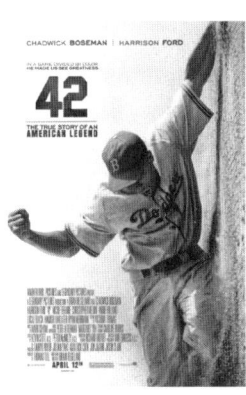

図8　『42』ポスター

図9　ロビンソンのベースボールカード[17]

拡張の時代——ナショナル・パスタイムからインターナショナル・パスタイムへ

1958年、ニューヨークの古豪ブルックリン・ドジャースとニューヨーク・ジャイアンツが、極西カリフォルニアのロサンゼルスとサンフランシスコに移転し、東部と中西部のみに展開していた「国民的遊戯」は名実ともに全国に広がった。ただし、これはあくまでメジャーリーグの話であって、カリフォルニアには、1910年にアメリカではじめて人種統合を果たしたカリフォルニア・ウィンターリーグが19世紀から続いていたし[18]、テキサスリーグなどの地方リーグやセミプロリーグも盛んであった。

戦後の大リーグは着々と拡張を続ける。その特徴を大きく（1）チーム数増加による拡張、（2）金銭的な拡大、（3）プレーの質の変化、（4）国際化の4点にまとめてみよう。

（1）1958年の西部進出をきっかけに、両リーグとも徐々にチーム数を増やしていき、ディヴィジョン制やプレーオフが導入されることになった。現在両リーグそれぞれ3ディヴィジョン計15チームの編成である。

（2）金銭的な変化は、収入源の多様化による増益と

---

16) Helgeland, Brian. *42.* 2013.
17) 1955 Topps Baseball Card より。
18) カリフォルニア・ウィンターリーグについては、McNeil, William F. *The California Winter League: America's First Integrated Professional Baseball League.* Jefferson: McFarland & Co, 2002. を参照。

選手年俸の飛躍的増加に大別できる。

　戦後、テレビ時代が到来し、入場料収入に莫大な放映権収入が加わる。チャンネルの多様化やMLBの国際化に伴い、放映権収入は増加の一方をたどっている。2013年のMLBの総収入は80億ドル（約8千億円）を超えると予想され、全米一のプロスポーツNFL（プロ・アメリカンフットボール）に迫る勢いだ。

　選手の収入に目を向けると、1953年に選手の労働組合にあたる選手会が組織され、選手の労働条件や交渉権が徐々に改善されていく。1968年には、初の団体交渉が行われ、選手の最低年俸が6千ドルから1万ドルに引き上げられた。約45年後の2012年には80倍の48万ドルに達した。（表1）

　一方、交渉権の拡大は、一部選手の年俸の飛躍的な上昇をもたらし、プロ野球選手の年収は一般人の感覚からあまりにかけ離れたものになってしまう。そのため1994年の大リーグ史上3回目のストライキは世論の支持を得られず、ファンが離れていったと言われている。

（3）選手の年俸がうなぎ登りに上がる一方で、テレビ放送の導入でダイナミックな試合が好まれた結果、打撃戦がエスカレートしてホームラン競争となり、一部の選手はステロイド剤に依存するようになってしまう。

　1920年代の「飛ぶボール(ライヴボール)」導入初期には長打が増えたものの、その後、投球技術の進歩に伴い、ふたたび投手有利にゲームのバランスが変化していく。そこで、

表1　メジャーリーグ最低年俸と平均年俸[19]

年	最低年俸	平均年俸
1967	$6,000	
1968	$10,000	
1970	$12,000	$29,303
1975	$16,000	
1980	$30,000	$143,756
1985	$60,000	
1990	$100,000	$578,930
1995	$109,000	
2000	$200,000	$1,998,034
2005	$316,000	
2009	$400,000	$2,996,106
2012	$480,000	

1969年にストライクゾーンを縮小しピッチャーマウンドの高さを3分の2に低くするなどして、調整が図られた。

　1994年のストライキ前にはプロ野球観客数はピークに達し、選手の平均年俸がわずか数年で倍増する。年俸の上昇と記録には密接な関係があり、この頃からホームランの数が激増し次々と記録が更新され、長打中心の試合運びに変化していく。その後2000年代、徐々に選手

---

19)　選手の年俸に関しては、Haupert, Michael. "Baseball's Major Salary Milestones." *The Baseball Research Journal* 40.2 (2011). 89-93. および Krissoff, Barry. "Society and Baseball Face Rising Income Inequality." *The Baseball Research Journal* 42.1 (2013). 92-98. を参照。

によるステロイド剤の使用が明るみになった[20]。ステロイド使用の背景には、年俸が高額化したこと、観客と経営双方がダイナミックな打撃戦を好んだことが挙げられる。とりわけテレビの放送枠を確保する上で派手な打撃は球団と選手に巨額の収入をもたらしたため、ステロイド疑惑に対するMLBの対応は遅れがちであった。ようやく2010年代に入って厳しい検査が導入され、ふたたび投手有利の時代が訪れた。

（4）今日ベースボールはアメリカ合衆国だけのスポーツではない。早くからカナダはもとより、メキシコ、ドミニカやキューバ、プエルトリコやベネズエラなど中南米や日本、韓国、台湾、フィリピン、オーストラリアに競技人口が広がっていたが、近年はグローバル化する世界経済を反映するかのように、MLBにおける外国人選手の活躍がめざましいものになってきた。さらに2006年からは、MLBの主導でワールド・ベースボール・クラシックス（WBC）が開催されるようになり、もはやアメリカだけの遊戯ではないことを世界に印象づけている。（図11）

遊戯の精神──メジャーだけがベースボールじゃない

ところで、日本で野球と言えばプロ野球を連想するように、ベースボールの歴史を記述する際、わたしたちはえてして大リーグの歴史をベースボールの歴史にすり替えてしまう傾向があるのだが、そうではないことを最後

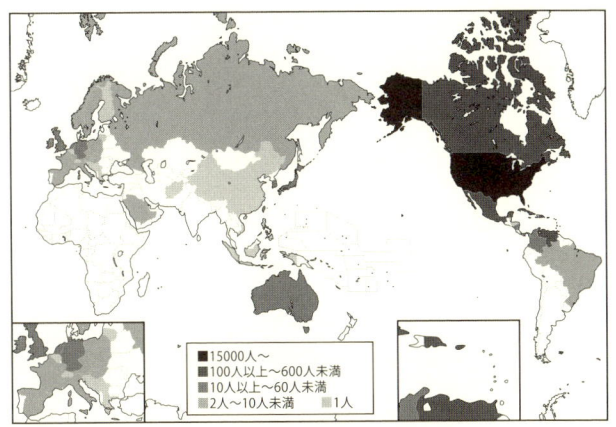

図10　歴代MLB選手の出身国[21]

に強調しておきたい。プロリーグの歩みは、あくまでもひとつの側面に過ぎない。20世紀前半まで野球選手はおおむね低賃金で働いていて、冬期は巡業やアルバイトをして生活の足しにしたりしていた。それでも過去の選手の証言には、ベースボールという子供の遊戯で生活できる喜びが満ちあふれている。ベースボールはあくまでゲームであり、遊戯なのだ。その愉しみが多様なかたちで享受されてこそ「国民的遊戯」と呼ぶにふさわ

---

20)　メジャーリーグのステロイド使用については、元外野手ホゼ・カンセコの告白録出版が転機となった。Canseco, José. *Juiced: Wild Times, Rampant' Roids, Smash Hits & How Baseball Got Big*. New York: Harper Collins, 2005. ナガオ勝司訳『禁断の肉体改造』ベースボールマガジン社.
21)　"Major League Baseball Players by Birthplace" http://www.baseball-almanac.com/players/birthplace.php を元に作成。現在存在していない国については、地理上の該当国を当てた。

しい。アマチュアリーグやリトルリーグ、ソフトボールなどの裾野の広さ、そしてなんといっても、都会の裏通りや空き地から始まったベースボールの原点である草野球(サンドロット・ベースボール)にこそ遊戯の魅力があるのではないか。

第2章

ベースボールの文化表象

　ベースボールをめぐる文化表象は、文芸やヴィジュアルアートのみならず、建築や都市計画、ミュージカルや音楽、選手による口述自伝やスポーツ・ライティングまで多岐にわたる。本章では、いくつかの文学作品に焦点を絞って、アメリカにおけるベースボール表象の歴史と特徴を概観しておこう。

パストラルの詩学

　前章で見てきた通り、ベースボールが都会生まれであると明らかになったのは比較的最近のことで、それまでは、1839年にアブナー・ダブルデイ（1819-93）というのちに北軍の将軍となる軍人がニューヨーク州中部の山あいにある小さな村クーパーズタウンで、独力で考案したという米国起源説がながらく受け入れられていた。これは、ベースボール起源調査を目的とする「ミルズ委員会」が1907年にたどりついた結論であった。プ

ロ野球引退後に運動用品製造会社を創業し、野球の世界伝道に尽力したA・G・スポルディング（1850-1915）の働きかけにより、みずからも北軍従軍歴があったナショナル・リーグ会長エイブラハム・G・ミルズ（1844-1929）が任命したこの委員会の任務は愛国的動機に発しており、国民的遊戯が、さらに言えばアメリカ文化全体が、旧世界とりわけイギリスの影響力から逃れて独自に形成されたと証明することにあった[22]。

　1939年に野球紀元百年を銘打って、シンガーミシンの特許で財を築いた地元の富豪が大恐慌でさびれた村に観光客を呼び戻そうと野球殿堂を開所して以来今日に至るまで、風光明媚な田園クーパーズタウンは、ベースボールの聖地として国民的遊戯の儀式的側面を担っている。したがって、ベース・ボール、ラウンダーズといった旧世界由来の小さな玉を棒で打つ街角の遊戯が、次第にルールの整備と統一を経て初期野球へと変化していった過程が実証されている今日においても、ベースボールは田園にその精神的起源を求め続けるスポーツなのである。都市と田園の弁証法こそが神話としてのベースボールを支えているともいえる。

　ボールパークは都会にぽっかり現れた緑の楽園だ。そこで選手らは子供の遊戯に熱中し、観客も童心に返って声援を送る。腐敗した都市にありながら無垢な楽園を夢見るベースボールの精神は、しばしば古代ギリシア・ローマ由来の詩形「牧歌」（パストラル）の文学的伝統に喩えられる[23]。

牧歌はもっとも狭い意味においては、美しい山野に歌い暮らす羊飼いの無邪気な恋の戯れを描くことによって望郷の念を詠う詩形であるが、その真の意図は田園生活の描写ではなく、都市の寓意的風刺である[24]。複雑な利害関係が支配する腐敗した都市を疎ましく思う気持ちが、美しい緑の園とそこに歌い遊ぶ無垢な羊飼いたちへのあこがれをかき立てる。都市が今ここにある現実であるならば、田園は逃避の世界、脳内の理想郷なのであり、パストラルに描かれるのは写実主義的農村ではなく、都市の醜さを浮き立たせるための架空の風景なのである。したがって、牧歌によって喚起されるノスタルジアは、もともと存在しなかったものを取り戻す欲望だといえる。

　球場を臨む航空写真を見れば一目瞭然、メジャーリーグのホーム球場は灰色の都市に煌々たる灯りで忽然と浮かび上がる緑の放牧地である。中世以降は牧歌にはキリスト教的世界観が加わり、田園は人間が堕落する以前のエデンの園に、羊飼いはキリストに重ねられることになる。エデンの園や美しい田園が野放しの沃野ではなく囲いによって飼いならされ管理された自然であるように、ボールパークも柵に囲まれた都会の田園なのだ。（図11）

---

22)　ミルズ委員会については以下を参照。Block, pp.32-49.
23)　アメリカの文明の源泉を、「堕落した」近代ヨーロッパの代わりに、「偉大な」古代文明に求める傾向は、野球にとどまらない。
24)　代表的牧歌詩人はTheocritus (310ごろ-250ごろB.C.)、Virgil (70-19B.C.)、Edmund Spencer (1552ごろ-1599)。

図11　リグリー球場からシカゴの街並みを臨む[25]

郷愁と風刺

　牧歌の特徴は、架空の田園風景へのノスタルジアと、都市生活の風刺であった。このふたつの特徴は、野球文学の原初テクストとでも言うべきアーネスト・セイヤー（1863-1940）作「ケイシー打席に立つ——1888年に歌われた共和国のバラード」（1888）にはっきり認めることができる。詩人平出隆による名訳を紹介しよう。

　その日のマドヴィルのナインにとって、前途は明るいものじゃなかった
　スコアは4対2だし、あともう一イニングしか残されていなかった
　そこでクーニーがまず倒れ、バロウズもご同様に
　青ざめた沈黙が、ゲーム主催のごひいき筋に覆いかかった。

　ばらばらと何人かが立ちあがり、深い絶望の帰途についた、あとの客は
　人の胸にとうとう湧きでてやまぬあの希望というやつに、すがりついて離れなかった
　彼らは思った、ケイシーがともかく一発かましてくれるんなら
　奴の打席にゃ、賞金懸けたっていいんだが。

だがフリンの打順がケイシーより先で、ジミー・ブレイクもまだおった
片っ方はそれなりで、もう片方はうらなりだから
打ちひしがれた群衆の上には、いかめしいメランコリーが居坐った
打席がケイシーにまわるなんて、もうない運にみえたから。

ところがどっこい、フリンがシングルを狙い打ち、これにはみんなびっくり仰天
全然見くびられていたブレイクまでが、ボールを破らんばかりの痛打
砂煙り舞いあがったところに人々は見た、なにが起きたか
ジミーが二塁で立ち上がり、フリンが三塁を抱き締めたのだ。

そのとき五千をこえる喉元から、力強い歓声が湧き起り
大きな谷に轟きわたり、小さな谷に鳴りとよみ、
山腹にぶつかっては、はね返って平地を襲った
ケイシー、豪傑ケイシーが、バットのほうへ歩み寄りつつあったから。

打席に踏み入るケイシーは落ち着きはらった様子
ケイシーの仕草には誇らしさが、ケイシーの顔には微笑みが
歓呼に応え、ちょっと帽子をとるのには
もぐりの客も、こいつがケイシーと疑わず。

---

25) Shadle, Mike. "Panoramic View from Wrigley Field's Upper Deck." 2009.

一万の瞳が見つめる中で、彼は土を手になする
五千の舌が喝采をおくるとき、その手をシャツに彼はぬぐう
身悶えるピッチャーが尻でボールをこするあいだも
ケイシーの眼にきらめく傲岸、唇にゆがむ嘲笑。

革でくるまれた球体が、空気を切って襲ってきた
それをそこで、傍若無人な威風の中で、ケイシーは立って見ていた
たくましい打者のそばを、球は無視されたまま速く過ぎた
「好みじゃないね」ケイシーは言った、「ストライク・ワン」球審は言った。

ベンチの中から、血相変えた連中から、無言の怒号が立ち起こった
荒れ果てた遠い渚へ、嵐の波が打ち寄せるみたいに
「ぶっ殺せ、審判を」スタンドでだれか叫んだ
奴ら本気でやりかねなかった、もしもケイシーが手を挙げなかったら。

聖者みたいな慈愛の笑みで、ケイシーのつらは偉大にみえた
起りかかった騒ぎを鎮め、ゲーム続行を彼は命じ
ピッチャーに向って合図をおくると、もう一度回転楕円が飛んできたが
しかしケイシーはなおも無視した、球審は言った「ストライク・ツー」

「いかさま野郎！」逆上した数千が球審に叫べば、「いかさま野郎」と木霊が返した

だが冷笑をケイシーの上に見て、観客は畏れをなした
彼らは見た、彼の形相が冷たく厳しくはりつめるのを、その筋肉が引き緊まるのを
彼らはさとった、ケイシーはあの球を、二度と見逃しはしないだろうと。

嘲笑はケイシーの唇を去り、歯は憎悪の中で食いしばられる
彼はひどく乱暴に、バットでプレートをぽんぽんたたく
さあてピッチャーはボールを握り、さあて振りかぶってそれを投じる
さあて空気はケイシーの一撃で、粉微塵に打ち砕かれるばかり。

おお、この麗しい土地のどこかで、太陽は明るく輝いていて
楽隊はどこかで楽曲を奏で、どこかで心は心と浮かれ
どこかで野郎どもは笑い立て、どこかで子供らは叫びあってる
けれどもここマドヴィルに喜びはなし、豪傑ケイシー三振に斃(たお)る。[26]

　地元泥村(マドヴィル)5千の歓声が「大きな谷に轟きわたり、小さな谷に鳴りとよみ、／山腹にぶつかっては、はね返って平地を襲」う光景は、まるで誇張された愛らしいジオラマのようだ。アメリカの田舎町をおとぎ話の舞台として描くことで、ケイシーの物語はフォークロア化され、国民的神話の原型となっていゆく。

---

26) Thayer, Ernest. "Casey at the Bat: A Ballad of the Republic Sung in the Year 1888." *The San Francisco Examiner* 3 June 1888. 平出隆訳「ケイシー打席に立つ」『ベースボールの詩学』講談社学術文庫. pp.192-196.

その一方で、「この麗しい土地」（＝共和国＝アメリカ合衆国）でプレーする選手や審判やファンの振る舞いを詩は戯画化している。とりわけ、ケイシーの傲岸不遜ぶりと派手な空振り三振のギャップがからかいの対象であることは明らかだ。

サンフランシスコの新聞に掲載され、一説に政治風刺であったとされるこの小品は、当初注目も集めなかったのだが、ドゥルフ・ホッパー（1858-1935）というヴォードヴィル芸人の大げさな朗読が人気を博し、アメリカの野球言説・野球表象の原型となるに至り、無数のパロディ作品や文化的言及を生み出した。[27]

野球文学の原型となった作品が惨めな敗北を結末とすることは特筆に値する。同時にこれは事実を反映してもいる。野球の世界では年間の試合数が他のスポーツより圧倒的に多く、強豪チームもかなりの負けを重ねるし、時にはリーグトップのチームが最下位のチームに悲惨な負け方をすることも珍しくない。単なる力比べ、スピード競争、技巧競技に終わらないのが野球というゲームなのだ。

もしマドヴィルで次の日も野球の試合が開催されるならば、ふたたび5千のファンが期待に胸を膨らませて集い、一喜一憂し、アンパイアを罵倒し、味方の勝利を祈り、おそらくふたたび失望することであろう。マドヴィル・ナインは永久に負け続ける。それでもファンは永久に希望を捨てない。そんなファンはどこか滑稽であり、いとおしくもある。

皮肉と感傷

　郷愁と風刺の牧歌的伝統から転じて、風刺的要素を先鋭化したのが、スポーツ記者出身で短編小説の名手でもあるリング・ラードナー（1885-1933）だった。代表作『メジャー・リーグのうぬぼれルーキー』（1916）[28]は、田舎から出てきたうぬぼれ屋の投手ジャック・キーフが故郷の幼なじみアルに便りをつづるという書簡体小説で、一人称の語りを通じて、ジャック本人の無知や怠惰が露わになるという辛辣なコメディ小説である。技巧的に洗練され皮肉の利いたラードナーの野球小説は純文学の読み手にも読者層を広げた。

　ラードナーが風刺的伝統を引き継いだとすれば、ノスタルジックな伝統は、野球感傷小説とも言うべきジャンルを生み出した。

　児童向け小説『ベースボール・ジョー』シリーズ（1912-28）[29]は、投手ジョー・マトソンの、高校からイェール大学そして大学中退後のカーディナルスからニューヨーク・ジャイアンツへ至るキャリアを扱った冒険物語で、完全無欠の主人公が嫉妬深いライバルらの妨害工作を乗り越えダイヤモンドで勝利した上、球場の外で

27）"Casey at the Bat" については以下を参照。Gardner, Martin. *The Annotated Casey at the Bat.* New York: Dover Publications, 1995.
28）Lardner, Ring. *You Know Me, Al: A Busher's Letters.* 1916. Open Library, 2014. 加島祥造訳『メジャー・リーグのうぬぼれルーキー』ちくま文庫.
29）Chadwick, Lester. *The Baseball Joe Series.* New York: Cupples and Leon, 1912-1928. Lester Chadwick は作家 Howard R. Garis (1873-1962) のペンネームだったと言われている。

も悪を打ち負かす、勧善懲悪物である。

　このシリーズは、ブラックソックス事件（1919）を挟んで飛ばないボールから飛ぶボールへの過渡期に出版されたため、当時のプロ野球の変化を反映している。シリーズ当初はもっぱら投手としてワールドシリーズで自ら4勝を挙げたりして活躍するジョーは、20年代に入るやスラッガーとしての才能を開花させ、勝利数・奪三振数・防御率でリーグトップになるばかりか、ホームラン王・打率王・盗塁王に輝いたりと、荒唐無稽な活躍をする[30]。

　また、本作品は少年ファンの願望を映し出す鏡ともなっている。現実のジョー（シューレス・ジョー・ジャクソン）が八百長疑惑でファンを失望させたのに対し、ベースボール・ジョーは逆に賭博師を懲らしめる。裁判所から出てきたジャクソンに「そうじゃないと言って、ジョー」と少年が言い寄ったというあまりにも有名な架空のエピソードは、小説的英雄と現実のスター選手を重ね合わせ、子供のように無垢でありたいという願う人々の感傷が生み出したものだと言えるかもしれない。

　野球感傷小説は子供向けにとどまらない。マーク・ハリス（1922-2007）の難病もの『バング・ザ・ドラム』（1956）[31]などのような、大人の男性が堂々と感傷に浸ることができるジャンルとなって、その系譜は野球映画にも継承されている。

神話と野球文学

1952年にバーナード・マラマッド（1914-86）の処女長編『ナチュラル』[32]が登場する。野球が持つ隠喩媒体としての可能性を存分に切り開いた初の純文学小説といえる。（図12）

『ナチュラル』は大筋としてはブラックソックス事件に取材しているが、素材はそれだけにとどまらない。1949年の女性ファンによる野球選手狙撃事件をはじめとする球界の逸話や、当時すでに伝説と化していたベーブ・ルースのハチャメチャな暮らしぶりなど、さまざまな時代の突出した素材を組み合わせることで、現実よりもはるかにスケールが大きくて並外れた野球物語が作り上げられた。また、物語をアーサー王伝説や漁夫王伝説と重ね合わせることで、後世の作家ばかりか野球表象に携わるすべてのアメリカ人にベース

図12 『ナチュラル』初版表紙

---

30) 『ベースボール・ジョー』シリーズについては、Morris, Tim. "Guide to Baseball Fiction: Juvenile Fiction." *Guide to Baseball Fiction*. WEB. を参照。
31) Harris, Mark. *Bang the Drum Slowly*. New York: Alfred A. Knopf, 1956. 小説の邦訳はないが、映画化作品『バング・ザ・ドラム』は日本で公開された。ホジキン病に斃れるニューヨーク・マンモスのキャッチャーを若きロバート・デ・ニーロが演じている。Hancock, John. *Bang the Drum Slowly*. 1973.
32) Malamud, Bernard. *The Natural*. New York: Harcourt, Brace and Company, 1952. 真野明裕訳『奇跡のルーキー』ハヤカワ文庫．

表2 マラマッド作『ナチュラル』とアーサー王伝説

『ナチュラル』	アーサー王伝説
ロイ・ハブズ	アーサー王
バット＜ワンダーボーイ＞	剣＜エクスカリバー＞
ニューヨーク・ナイツ	円卓の騎士(ナイツ)
パプ・フィッシャー監督	漁夫王(フィッシャー・キング)
ペナント探求	聖杯探求

ボールがヨーロッパの古代伝承にも劣らない神話的素材であることを実証してみせた。（表2）

　若き天才ピッチャーとして成功が約束されていたロイ・ハブズ（Royは古フランス語で王の意）は、自らの高慢が引き寄せた事故の後、長い下積みの時期を経て野手に転向し、落雷が生み出したバット＜ワンダーボーイ＞（神童の意）をひっさげ、40歳を過ぎたルーキーとしてパプ・フィッシャー監督（Popは親父の意）率いる常敗軍団ニューヨーク・ナイツ（Knights 騎士団）にシーズン半ばで加わる。パプが連敗さなかにはじめてロイを代打に指名したとき、ニューヨークは日照り続きで、ナイツ球場には土埃が舞い上がり、芝は茶色く枯れていた。

「**ボールの皮がひんむけるほどぶっ叩け**」とパプがわめいた。
「お知らせします」場内アナウンサーが告げた。「バッターはベイリーに代わりまして、ロイ・ハブズ、背番号四十五」

スタンドからうめき声があがり、それが抗議のどよめきに変わった。……
　……ピッチャーが構えるのを待つ間に、ロイはズボンで掌をぬぐい、帽子をぐいと引っぱった。＜ワンダーボーイ＞を持ち上げ、岩のように凝然と投球を待ちかまえた。
　ロイは襲いかかってくるボールの球種を見分けることができなかった。ただ、自分が死ぬほど待ちくたびれ、**喉から手が出るほどプレーしたがっている**ということしか考えられなかった。ボールはいまや目の前に迫る露の玉となり、そこでロイは一歩さがって、爪先立ちでスイングした。
　＜ワンダーボーイ＞が日にきらめいた。それは球体の一番大きなところをとらえた。**二十一発の礼砲のような鋭い音**が空に鳴りひびいた。**張りつめた、引き裂くような音**がして、雨がポツリとグラウンドに落ちてきた。打球はうなりを生じてピッチャーのほうに向かい、それから急にピッチャーの足もとに落下したように見えた。ピッチャーはそれをひっつかんで一塁に投げようとしたが、自分が握っているのは皮だけだと気づいて、ぎょっとなった。ボールの残りは、ほどけた木綿糸を繰り出しながら、外野に向かってぐんぐんのびていった。
　ロイが一塁をまわった頃、ボールは死んだ鳥のようにセンターにまっすぐ落下した。フィリーズの外野手はそれをつかまえて投げようとして、糸が足にからんでしまった。二塁手が駆け寄って、糸を嚙み切り、ボールをキャッチャーに投げたが、ロイはすでに三塁をまわって、立ったままの姿勢でホームを踏んでいた。……　**そのとき誰かが土砂降りになってきたぞと叫んだ。……雨はそれから三日間降りつづいたのだ……**
　ロッカー・ルームでパプはロイに、どうしてボールの皮がむけたと思うか、説明を求めた。

「監督がそうしろって言ったんじゃないですか」
「そうだな」[33]

　この後ナイツは連勝し快進撃を開始するのだが、引用冒頭パプの喚声「ボールの皮がひんむけるほどぶっ叩け」（Knock the cover off of it!）は、「ケイシー打席に立つ」の第4連にある「全然見くびられていたブレイクまでが、ボールを破らんばかりの痛打」（And Blake, the much despised, **tore the cover off the ball**）という表現への言及に他ならない。「ボールを破らんばかりの痛打」は文字通りボールを破り、「礼砲のような」バットの命中音は文字通り雷鳴となる。漁夫王がもつ聖杯を手に入れることが不毛の大地に雨と実りを約束するように、魔法のバットのひとふりが渇望するロイの心、連敗続きのナイツ、干ばつのニューヨークに豊穣をもたらす。＜ワンダーボーイ＞は茶枯れた球場を緑の沃野として生き返らせる。マラマッドの野球世界では、比喩として手垢のついた紋切り型表現が文字通り実現することで、物語が神話性を帯びるばかりでなく、野球を語ることばそのものがみずみずしさを取り戻し生き返る。

　マラマッドは野球的口語表現と叙情的な描写とを使い分けることによって、野球のフォークロア的な側面と隠喩媒体としての側面を融合させた。アメリカの神話を語るひとつの形式としての野球文学はその後高度に洗練されていく。

『ナチュラル』は1984年にロバート・レッドフォード（1936-）主演で映画化され[34]、今日では原作をしのぐ知名度をもつ。小説『ナチュラル』が古今の伝説をモチーフに野球の神話を創り出したのに対して、映画『ナチュラル』は、おとぎ話としての野球物語というフォーマットを生み出したといってよい。したがって、映画の方は「感傷もの」の系譜に属している。（図13）

図13　映画『ナチュラル』のポスター

　映画の結末は、マラマッドの皮肉に満ちた結末から大幅に書き換えられている。賭博師と美女の誘惑に最終的に屈した形で球界を追放される原作のロイ・ハブズに対して、レッドフォードが演じるハンサムでヒーロー然としたロイは、ワールドシリーズ決勝戦で血を流しながらも場外サヨナラホームランを放ち、味方を勝利に導き、腐敗した悪を打ち負かす。ラストシーンの直前では、ロイの打った白球が夜間照明に当たって電球が巨大な仕掛け花火のように次々と炸裂し、黄金の火花が滝のよ

33）『奇跡のルーキー』pp.109-111. 太字は引用者による。
34）Levinson, Barry. *The Natural*. 1984.『ナチュラル』

うに注ぐなかヒーローが悠々とダイヤモンドを回る。叙事詩的ファンファーレを使ったランディ・ニューマン（1943-）作曲の有名なテーマ音楽が勝利の栄光をいやがうえにも盛り上げる。その後、放たれた白球は球場の囲いを越え、夜の街を越えて、星々のきらめく天空に放物線を描き、黄金の麦畑で夕暮れに息子とキャッチボールをするロイのグラブに吸い込まれていく。

　この結末は批評家には不評だった。『タイム』誌のリチャード・シケルは、映画はマラマッドの名作を「ハッピーエンディングを教義とするハリウッドの祭壇へ犠牲として捧げた」と酷評した[35]。評価はともかく、小説と映画はふたつでセット、「アメリカの夢」というコインの表裏にあたると言えるだろう。

マジック・リアリズム
　アメリカにはほら話(トール・テイル)の伝統がある。アライグマの帽子で有名なデイヴィー・クロケットのように達意のほら話で絶大な人気を得て公職に就き歴史に名を残した人物もあれば、黒人の無法者スタゴリーのように後世の語りや歌で魅力的な尾ひれが加わり伝説と化する人物や、巨人のきこりポール・バニヤンのように純粋に虚構の民話の主人公もいる。魅力的なほら話はただ単に話の内容がとてつもなくでかいだけでなく、聞く者の耳をくすぐるような、手触りのあるアメリカ口語表現を特徴とする。

　口承伝統がベースボールに根付いているのは、野球選

手の口述自伝や聞き書きに傑作が数多いことからも明らかであるが、ここでは小説に話を絞ろう。

現実離れして神話的な出来事や情景があたかも日常の一部であるかのように、写実的に淡々と描かれ語られる文学の表現形式を、マジック・リアリズムと呼ぶ。20世紀半ば、ラテンアメリカの新しい小説が世界を席巻したときに注目された様式で、その後世界中の文学に影響を与えた。野球小説でも用いられ、選手たちを神話世界の超人的英雄たち、民話的ほら話の人並み外れた巨人たちであるかのように描き出す効果がある。

小説『ナチュラル』は、アーサー王伝説を題材にアメリカの神話としてのベースボールを描き出した。他方、口承伝統を野球物語に融合し、新たなマジック・リアリズム的野球小説の世界を創り出したのが、カナダの小説家W・P・キンセラ（1935-）である。カナダはアルバータ州の先住民(ファースト・ネイション)世界を描いた短編集[36]でデビューしていたキンセラは、超自然的な要素を語りに織りこむ技にもともと長けていた。その後、アイオワ大学大学院創作科に学び野球小説を書くようになって、ベースボールというフィールドで自在に現実と空想を交錯させる奇想天外なストーリーテリングの力量を存分に発揮するようになった。アイオワのトウ

---

35) Tygiel. pp.217-218.
36) Kinsella, W. P. *Dance Me Outside*. Ottawa: Oberon P, 1977. 上岡伸雄訳『ダンス・ミー・アウトサイド』集英社文庫.

モロコシ畑の手作り球場に伝説の選手が出没する代表作『シューレス・ジョー』(1982)[37]をはじめ、アイオワの地元アマチュアチームがシカゴ・カブスを相手に2614イニングにもおよぶ延長戦を戦い抜くものの、直後の洪水によってすべての記録が文字通り水泡に帰してしまうという、まさに旧約聖書的スケールの長編『アイオワ野球連盟』(1986)[38]が知られているが、とりわけ短編作品に秀作が多い。(図14)

図14
『アイオワ野球連盟』初版

　キンセラの野球小説は繊細で叙情的な描写と独創的で大げさなほら話のユーモアが魅力で、野球文学の神話的伝統と感傷主義を現代に受け継いでいる。

　以上、5つのキーワード——パストラル・風刺・感傷小説・神話・マジック・リアリズム——を通して19世紀後半から約100年間にわたる野球文学の流れを概観してきた。続いては実際に掌編を精読してみよう。

---

37) Kinsella, W. P. *Shoeless Joe.* Boston: Houghton Mifflin, 1982. 永井淳訳『シューレス・ジョー』文春文庫.
38) Kinsella, W. P. *The Iowa Baseball Confederacy.* Boston: Houghton Mifflin, 1986. 永井淳訳『アイオワ野球連盟』文藝春秋.

第3章

「なぜ書くか」をいかに読むか
―― 隠喩媒体としてのベースボール

　ポール・オースター（1947-）はニューヨークはブルックリンを拠点に活躍中のアメリカを代表する長編小説家で、その野球好きはよく知られている。オースターの作品には一見本筋に関係のないような野球にまつわる逸話や細部がしばしば登場する。たとえばオースター自身の脚本による長編映画『スモーク』（1995）[39] も、ブルックリン行き電車の映像に野球のラジオ中継の音が重なって幕を開け、続いて冒頭のシーンはタバコ屋に集うメッツファンの野球談義だし、そもそもオースターの幻のデビュー作からして、ポール・ベンジャミン名義の野球ミステリ『スクイズ・プレー』（1982）[40] なのである。

　このように、野球を物語の題材にすることに長けているオースターの回想譚集の中に、原文で2ページに満た

---

39) Wang, Wayne. *Smoke.* 1995.
40) Benjamin, Paul. *Squeeze Play.* New York: Avon Books. 1982.

ない掌編「なぜ書くか」がある。短い作品なので全文を引用しよう。

　私は八歳だった。当時私の人生にとって、野球以上に大切なものはなかった。私はニューヨーク・ジャイアンツのファンだった。黒とオレンジの帽子をかぶった男たちの動向を、真の信徒の忠誠心をもってフォローした。いまでもあのチームを思い出せば——いまや存在しない野球場でプレーした、いまや存在しないあのチームを思い出せば——メンバー表に並んだ選手たちほぼ全員の名をすらすら挙げることができる。アルヴィン・ダーク、ホワイティ・ロックマン、ドン・ミューラー、ジョニー・アントネッリ、モンティ・アーヴィン、ホイト・ウィルヘルム。だが、誰よりも偉大で、誰よりも完璧で誰よりも崇拝に値したのは、ウィリー・メイズ、光り輝く「セイ・ヘイ・キッド」だった。
　その年の春、私は生まれてはじめて大リーグの試合に連れていってもらった。私の両親の知り合いがポロ・グラウンズにボックスシートを持っていて、四月のある夜、みんなでジャイアンツとミルウォーキー・ブレーブスの試合を観にいったのである。どっちが勝ったかはわからないし、試合の細部も何ひとつ思い出せないが、ほかの客がみんな帰ってしまうまでお喋りをしていたことは覚えている。あまり遅くなって、ほかの出口がすべて閉まってしまったので、私たちはダイヤモンドを越えて外野センターの出口から帰らねばならなかった。たまたまその出口は、選手たちのロッカールームの真下にあった。
　出口のすぐそばまで来たところで、私はウィリー・メイズの姿を見た。間違いない、メイズだ。ウィリー・メイズが、すでにユニフォームから普通の服に着替えて、私から三メートルと

離れていないところに立っているのだ。私はひるむ気持ちを抑えて彼の方へ足を運んでいき、それから、ありったけの勇気を奮い起こして、口から言葉を押し出した。「ミスター・メイズ」と私は言った。「サインしていただけませんか？」

彼はせいぜい二十四歳というところだっただろう。だが私としてはとうてい、彼のファーストネームを口にする気になれなかったのである。

彼の返答は、そっ気なくはあったが決して嫌な感じではなかった。「ああ、いいよ」とウィリー・メイズは言った。「坊や、鉛筆は持ってるか？」。彼が生命感をみなぎらせていたことを、いまでも思い出す。若々しいエネルギーに満ちて、喋りながらも体を上下にせわしなく弾ませていた。

私は鉛筆を持っていなかったので、父に貸してくれと頼んだ。だが父も持っていなかった。母も、そしてほかの大人も、結局誰一人鉛筆を持っていないことが判明した。

偉大なるウィリー・メイズは黙ってそこに立っていた。居あわせた誰も筆記用具を持っていないことが明らかになると、彼は私の方を向いて、肩をすくめた。「悪いな、坊や」と彼は言った。「鉛筆がなくちゃサインしてやれんよ」。そして彼は野球場を出て、夜のなかに消えていった。

私は泣きたくなかった。だが、涙がひとりでに頬をつたって流れはじめると、自分ではもう止めようがなかった。帰り道の車のなかでも、私はずっと泣きっぱなしだった。もちろん私は、ひどくがっかりしていた。けれども、涙を抑えられない自分がたまらなく情けなくもあった。私はもう赤ん坊ではないのだ。私は八歳であり、そんなことでいちいち泣いたりする歳ではないのだ。ウィリー・メイズのサインを手に入れられなかったばかりか、私には何ひとつなかった。人生は私をテストし、私は

あらゆる面において落第したのだ。

　その夜以来、私はどこへ行くにも鉛筆を持ち歩くようになった。家を出るときに、ポケットに鉛筆が入っているのを確かめるのが習慣になった。べつに鉛筆で何かしようという目的があったわけではない。私はただ、備えを怠りたくなかったのだ。一度鉛筆なしで不意打ちを食ったからには、二度と同じ目に遭いたくなかったのである。

　ほかに何も学ばなかったとしても、長い年月のなかで私もこれだけは学んだ。すなわち、ポケットに鉛筆があるなら、いつの日かそれを使いたい気持ちに駆られる可能性は大いにある。自分の子供たちに好んで語るとおり、そうやって私は作家になったのである。[41]

　語り手は子供のころニューヨーク・ジャイアンツの熱烈なファンで、とりわけウィリー・メイズ選手（1931-）を崇めていた。8歳の春、はじめて大リーグの試合に連れて行ってもらったおり、偶然にもメイズにばったり出会い、ありったけの勇気でサインを頼むのだが、その場に居合せた者が誰も筆記用具を持っていなかったため、結局サインを諦めざるをえない。少年はそれ以来どんなときも鉛筆を持ち歩くようになり、時を経て物書きになったのだという、オースターらしいいかにもよくできた「本当のお話」である。

　この小品には、アメリカの理想を体現したスポーツとしてのベースボールを表象するさいに欠かせないイメージや修辞がちりばめられている。野球のゲームにちなんだ9つのキーワードを通して「なぜ書くか」を読み、隠

喩媒体としてのベースボールがもつ潜在力を確認してみよう。

イノセンス

まずは子供時代の回想であること。ベースボールは過ぎし少年の日々を思い起こさせる記憶装置として機能している。8歳と言えば、最初のグラブを買ってもらって、父親とのキャッチボールも板についてきた一方で、複雑な思春期はまだ彼方にあり、「野球以上に大切なものはなかった」と断言できるほど、大好きな野球チームの選手たちを天上のヒーローのように全身全霊で崇拝できる無垢な年頃でもある。ベースボールは常套的に無垢な少年時代と結びつけて描かれる。

めぐる季節

生まれてはじめての大リーグ（「メジャーリーグ」でなく「大リーグ（ビッグ）」という言葉遣いも少年時代の回想であることを強調する）の試合が春、4月の夕暮れであったことも忘れてはならない。セントルイス出身の英国詩人T・S・エリオット（1888-1965）が『荒地』（1922）で逆説をこめて「最も残酷な月」[42]と詠った4月は、詩の

---

41) Auster, Paul. "Why Write?" *The Red Notebook: True Stories.* London: Faber & Faber, 1996. 柴田元幸訳「なぜ書くか」『トゥルー・ストーリーズ』新潮文庫. pp.67-70.
42) Eliot, T. S. *The Waste Land.* New York: Horace Liveright, 1922. 岩崎宗治訳『荒地』岩波文庫.

月であり、野球の月である。秋から冬のアメリカン・フットボールや、冬から春のバスケットボール、アイス・ホッケーに対して、ベースボールは自然のサイクルに歩調を合わせるかのように、木々の芽吹く春に開幕し、芝青い夏に盛り上がって、落葉とともに閉幕を迎える。ふたたびエリオットから詩的イメージを借りるならば、春の開幕は森羅万象に巡り巡ってくる生命(いのち)の再生を寿ぐ異教的儀式ともいえる。青春時代や少年時代に思いを馳せる惹句でもある。日本ならば、夏の甲子園が人々に独特の感興を呼び起こす風物詩であるのと同じように。

ノスタルジア

ニューヨーク・ジャイアンツといえば、今日ではアメリカン・フットボール（NFL）のチームであり、だから語り手の記憶の中にある野球チーム、ポロ・グラウンズ（1890-1963）を本拠地としたニューヨーク・ジャイアンツ（1885-1958）は「いまや存在しない野球場でプレーした、いまや存在しないあのチーム」でしかない。ちなみに、対戦相手のミルウォーキー・ブレーブス（1952-66）も南部アトランタに拠点を移しており、いまや存在しないチームとなっている。

郷愁は失われたものにたいして喚起されることは言うまでもないが、いまや存在しないものは、しばしば、あらかじめ存在しないもの、つまり捏造された過去にすり替えられる。野球が喚起させる「古き良き時代」すなわ

ち「理想の過去」とは、長年を経て編集された個人の思い出であり、共同体の最大公約数的記憶であり、国家の神話的由来である。

　本編の場合ならば、作家業の由来をメイズとの遭遇に求めることがそれにあたるだろう。この掌編がベースボールという隠喩媒体を通して小説家オースターの「起源神話」を語っているように、無垢な子供時代の記憶や理想化された郷愁との密接な結びつきにおいて表象されるベースボールは、共同体や国家の神話を紡ぎだす格好の素材なのである。

逸話が伝える記憶

　肝心のジャイアンツ対ブレーブスの試合だが、語り手は勝敗を含めて試合内容をまったく記憶していない。野球小説や野球選手の自伝、野球映画などのいわゆる野球表象テクストは、じつは試合そのものの記述が少ない。このことからも、野球と切り離すことができない「記憶」の要はゲームそのものでなく、ベースボールにまつわる逸話やゲームが呼び起こす思い出であることが察せられる。試合の内容や勝敗は重要ではないのだ。

　また、MLBの徹底した宣伝効果や野球文学の詩学が広まるにつれ、ベースボールのゲームそのものだけでなく、シンボル・隠喩媒体としてのベースボールも消費されるようになってゆく。

パストラルの時空間

「なぜ書くか」の場合、語り手は試合の詳細をまったく記憶していない一方で、「ほかの客がみんな帰ってしまうまでお喋りをしていたことは覚えている」。結局出口が閉まってしまい、唯一開いているセンター下の出口から帰るため、語り手一行はスタンド側からセンター奥へと「ダイヤモンド」を横切って歩いていく。

なんと贅沢にも牧歌的な光景だろう。時間を忘れておしゃべりに興じた末、空っぽになった夜のポロ・グラウンズを家族や親しい友らとそぞろ歩く。ベースボール表象で好んで用いられることば、spontaneity（人の動きや行為がその場の自発的反応から生じ、自然でのびのびしているさま）がまさしく当てはまる情景である。現代の管理しつくされた球場であればとうてい不可能な行為であることも、語り手や読者の郷愁をかきたてる。

前章で見てきたように、球場とは都会にぽっかり出現した緑の田園である。芝のみずみずしさとダイヤモンドという言葉が呼び起こすきらめき。ポロ・グラウンズは極端に縦長の球場だったから、センター奥への道のりはことさら長い。（図15）

野球場を都会の喧噪からの逃避の場、無垢な子供心を取り戻す緑の園としてことさら理想化して描くとき、野球表象は古代以来の文学的伝統に依存しつつこれを再生し新たな形を与えているのだ。

図15　馬蹄型のポロ・グラウンズ[43]

マジック・リアリズム

　この幸運な遊歩の果てに、センター上のロッカールームから出てきたばかりのウィリー・メイズその人が立っていた。少年にとっては魔法のような瞬間であると同時に、フィールド内で魔法のようなことを軽々とやってのけるスター選手であれば、なんでもないことのように見えたかもしれない。その魔術的プレーがゆえに、わたしたちはプロスポーツに魅かれるのだ。

　メイズは物語の1955年時点で24歳。外野手・打者としてピークの時期で、1954年ワールドシリーズの流れを変えたと言われる、あの伝説的「捕球」の翌年であり、この年、シーズン50本塁打達成のメジャー最年少記録

---

43)　"Polo Grounds." *Ballparks of Baseball.* http://www.ballparksofbaseball.com/past/PoloGrounds.htm

を塗りかえることになることを、少年もメイズ本人もまだ知らない。(図16)

野球と民主主義

　英雄本人を目の前にして、少年はありったけの勇気をふり絞り、なんとかメイズに話しかける。「ミスター・メイズ、サインしていた

図16　ウィリー・メイズ[44]

だけませんか?」ウィリーと呼びかけることさえはばかれるのだ。

　牧歌的なフィールド遊歩から奇跡的遭遇の緊張を経て、飛ぶボール(ライヴボール)のように弾むメイズの若々しい肉体ときびきびした口調が物語にテンポの変化をもたらす。「坊や(キッド)」と応えるメイズもまたあだ名が「やあやあ坊や(セイ・ヘイ・キッド)」の若者である。また、ユダヤ系の少年がアフリカ系の若手選手を崇め慕う光景は、アメリカが夢見る人種融和のひとつの具象でもあるだろう。オーナー同士の不文律によって長年黒人選手の参加を阻んできた大リーグは、1955年当時人種統合間もなく、まだすべてのチームが黒人選手を擁しているわけではなかった。[45] 一方、公民権運動はまだ萌芽期にあり、南部アラバマ州モンゴメリーでロー

ザ・パークスがバスの前席を白人に譲らなかったために逮捕されるのが、同年12月のことである。

野球の人種統合は、単なるプロスポーツ運営形態の変化以上の意義を持つ事件だったのであり、公民権運動の先触れともいえる出来事だったのだ。

アメリカの夢、アメリカ人の条件

少年とメイズの邂逅に話を戻そう。なんとかサインを求めることができたものの、少年は鉛筆を持ち合わせていなかった。「鉛筆がなくちゃサインしてやれんよ」とメイズは去ってしまう。

少年にとっては一生に一度の好機もメイズにとっては日常的な光景なのかもしれない。子供の求めにどれだけ快く応じられるかは、大リーガーにとって道徳適性試験のような側面がある。普段のふるまいや女性関係においてはハチャメチャだった"ベーブ"・ルースも、病気の子供を励まし予告ホームランを放ったという伝説がゆえに、無垢なる野球の大天使として永遠に記憶されるのである。子供の夢に応えることこそが大リーガーの至上任務であり、子供の夢をかなえることでアメリカの夢をも実現するというのがメジャーリーグが長年徹底して伝播

---

44) *Time: The Weekly Newsmagazine* 26 June 1954.
45) 最後に人種統合を達成したのはボストン・レッドソックスで、1959年のこと。

してきたベースボールのイデオロギーのレトリックなのだ。メイズは少年の求めに親切に応じる準備ができていた。準備ができていなかったのは少年の方だった。真の野球ファンならば、スコアをつけるために鉛筆を持っているものなのだ。

　少年はあふれる涙を止めることができない。野球は彼のすべてであり、メイズは文字通り神さまで、はじめての大リーグ観戦でメイズ本人に出会う僥倖が前触れもなく訪れたにもかかわらず、自らの不備ですべてが台無しになってしまったのだから。

　ベースボールの喜びとは、不測の軌道を描く中空の白球と全身で随意に戯れる悦楽であり、単調な観戦中に前触れもなく美技の瞬間を目撃する——遊戯することに比すればはるかに二次的な——歓喜であるといえる。不可知の未来に即座に対応する準備ができていること。アメリカ市民の矜持が、どのような状況にも臨機応変に対処し、危機を好機に変え、予期せぬ機会を摑んで最大の成功を引き出すことにあるとしたら、絶好のチャンスを目の前に鉛筆も持ち合わせず、失望を平静に受け入れる人格的強さも持ち合わせない少年は「あらゆる面で落第」、実務力と精神力の両面で不合格の烙印を押されたも同然である。

　以来、少年は鉛筆を肌身離さず持ち歩くようになる。これが単なる子供じみた反応ではなく、象徴的な仕草であることは明らかだ。「一度鉛筆なしで不意打ちを食っ

たからには、二度と同じ目に遭いたくない」と彼は自分に言い聞かせる。こうして語り手は若干8歳にしてホレイショ・アルジャー的[46]な教訓を得て、次に訪れる恩寵を享受するための準備を怠らないよう修練を積み、プロの小説家になることで自己実現を果たす。「自分の子供たちに好んで語るとおり、そうやって私は作家になったのである」と回顧譚は締めくくられる。

野球文学の水脈

　これほど短い物語の中でこれほど多彩な野球を巡る隠喩を網羅できるのは、周知の野球狂であるオースターだからこそであると同時に、ベースボールの言語表象にはゲームそのものに劣らぬ長い歴史があり、先人の詩人・小説家・ジャーナリスト・野球選手らによることばの蓄積・比喩体系が作品を支えているからでもある。以上見てきた特徴は、オースターが独自に編み出した表現の位相ではなく、アメリカでベースボールを表象する際にくりかえし援用されるレトリックである。短編「なぜ書くか」は豊かな野球文学の水脈の上に成り立っていて、この伝統こそがベースボールをアメリカの神話を語る強力な媒体としているのだ。

---

46)　Horatio Alger (1832-99)は、*Ragged Dick*『おんぼろディック』(1868)をはじめとする成功譚小説の作者。貧しいが勤勉で正直な若者が幸運に恵まれ大成功する物語を無数に出版し、生涯累計2千万部以上を売り上げ、アメリカの夢の伝播とアメリカ的人格の理想形成にひときわ貢献した。

野球文学の系譜については、ぜひ巻末の読書案内を参照してほしい。すでに数多くの翻訳が出版されているものの、まだまだ日本で未発表の作品も多い。とりわけ野球選手の口述回顧録はベースボールの言語表象に絶大な貢献をしている。彼らの言葉遣いこそが、ユニークで比類なく豊かな文化としてのベースボールを支えている。
　次章からは、より批判的な視座からベースボール表象の具体例を見ていくことにしよう。

第4章

最初の野球映画「最期の試合」

国民的遊戯の創生

「最期の試合」(1909)[47] は野球を題材にした現存最古の物語映画のひとつである。

舞台はとある西部の町、ジムタウン。酒場の壁には野球の試合を告げる特大掲示が掲げてある。「大興奮、ベース・ボール最終戦。ジムタウン vs. チョクトー族バッテリー。ビリー・ゴーイングにデニー・ブラウン。3時試合開始」。そこへ、長髪を編んだ男、チョクトー族の花形選手ウィリアムことビル・ゴーイングが憮然と腕組みして現れる。羽飾りつきの絵に描いたような「インディアン」の友人もやって来る。つづいて野球着の一団がどやどやと合流する。(図17)

---

47) "His Last Game." 1909. *Reel Baseball: Baseball Films from the Silent Era.* Kino International.

図17 「最期の試合」冒頭

　チョクトーチームのひとりとビルがやり取りをしている。大事な試合に勝つまでビルは禁酒の誓いを立てたのだろうか、断固として酒は飲まないつもりのようだ。

　野球選手らが去った後、口髭につば広帽といかにも西部風の賭博師二人組が金や酒でビルを買収しようと試みるが、ビルの決心は揺るがない。ついには毒を盛ろうとする始末。ひとりが拳銃を出すとビルともみあいになり発砲、賭博師は死んでしまう。騒ぎを聞きつけ集まる人ごみの中から保安官が現れ、ビルが銃を差し出すと現行犯逮捕となる。

　一方、回転草が舞う西部の草野球場でチョクトーチームがビルの到着を待っている。ビルの友人が駆けつけいきさつを報告すると選手らはショックを受けるが、エース不在のまま決勝戦を開始する。

　荒野で処刑を待つビル。掘りたての墓穴の淵に相変わらず憮然と腕組みして立っている。そこへビルの友人が

球場から到着し、自ら身代わりを買って出る。6時までに戻らなければ友人を代わりに処刑するという条件で、ビルは保釈され試合場へ急ぐ。一方、ビルを信じて疑わない友人が彼の勝利と6時帰還に金を賭けると、保安官も賭けに応じ、もしビルが勝って帰って来たならば罪を軽くするようにという誓願状をしたため判事へ遣いを送る。(図18)

　西部球場。ジムタウン攻撃の半ばにビルが到着、ボールを奪うようにして試合に復帰する。鋭いカーブが続々と打者を三振に打ち取り、チョクトーチームは勝利する。大喜びのファンの肩に担がれて酒場前に凱旋するビルとチームメイトたち。ビルは祝杯を飲み干そうとするが、はたと友人を思い出し、酒瓶をかなぐり捨て一目散に走り去ってゆく。チームメイトとファンはそんなビルをあきれて見送るものの、すぐさま勝利の歓喜に酔いしれ彼を忘れる。

図18　「最期の試合」刑場の場面

荒野の処刑場でしびれを切らす保安官。友人を身代わり銃殺刑にしようとした瞬間、ビルが駆け戻って来る。動じず銃殺に応ずるつもりのビルに保安官も少なからず感心している様子だ。

　銃殺刑を仕切り直そうとするところでビルの友人が異議を唱える。早駆けの地響きが遠くから聞こえるというのだ。判事からの返事を持った使者に違いない。しかし保安官は聞く耳を持たず、銃殺を命ずる。墓穴にビルがくずおれた瞬間、彼方に白馬の使者の姿が現れる。判事からの伝文には「チョクトーインディアン、ウィリアム・ゴーイングに死刑執行猶予を与える」と書かれていた。

　保安官は賭けに負け機嫌を損ねる。そこへ野球選手の一団がなだれこむ。墓穴のビルを見て、両チームの選手は一瞬脱帽するが、すぐさま保安官とともに退場する。ビルの友人は、ビルの墓穴が埋められていくさまをふりかえりつつ、ひとり荒野へと去ってゆく。＜完＞

　このサイレント映画をはじめて観たときの衝撃は今でも忘れられない。白人至上主義的視点から南部再建を映像により神話化してみせたD・W・グリフィス監督の『国民の創生』(1915)[48]に倣って、「国民的遊戯の創生」とでも呼びたくなるほどだ。

　3時間を超えるグリフィスの長編映画は、固定したカメラを左右に振るパン撮影をはじめ、パノラマ的視点の

ロングショットや、絞り効果、夜間撮影に多数のエキストラを用いた戦闘シーンの撮影など、新たな映画技巧を数多く開発導入するとともに、劇的なクライマックスにむけてプロットを組み立ててゆく作劇手法を用いて古典期ハリウッド劇映画の先駆けとなった。けれどもその人種差別的物語と映像表現は公開当時から物議を醸し、全国各地に抗議行動が広がった。そのかたわら、『国民の創生』は白人至上主義秘密結社KKKの復興を促し、南部ではメンバー募集にこの映画を上映したという。このように、『国民の創生』はハリウッド映画芸術の勃興と人種問題の根深さ、いわばアメリカの光と影双方を体現する作品として歴史に刻まれることになった。

　一方、「最期の試合」はわずか12分の短編映画で、カール・レムリ（1867-1939）が設立したIWP[49]が制作したことはわかっているものの、監督や俳優の名さえ記録に残っていない。この作品の価値はその映画的技巧や物語性にあるのではない。映像的には初期映画とはいえ粗末な作りで、野外ロケを採用しているものの、芝居の舞台を真正面から撮ったような、ワンシーン・ワンカット方式の稚拙な撮影方法である。このような方法で実際

---

48) Griffith, D. W. *The Birth of a Nation*. 1915. 原作は Thomas Dixon, Jr. のロマンス小説 *The Clansman*（1905）。奥田暁代, 高橋あき子訳『クー・クラックス・クラン：革命とロマンス』水声社.
49) ドイツ系ユダヤ人のレムリは1884年にアメリカに移住。1909年には映画制作会社 IMP (Independent Moving Pictures)、続いて1912年にはユニヴァーサル映画を設立した。

の野球の試合がカメラに納まるはずもないから、それなりに工夫を凝らしていて、ベース間を大幅に縮小したミニ・ダイヤモンドに選手たちが群がり、小刻みに走る振りをして塁走を演出したりしている。カメラは前屈みに立っているキャッチャーの真後ろにあり、アンパイアは左横に場所を譲っている。超低予算なのか、両軍とも同じユニフォームを着ていて、「チョクトー」とか「ジムタウン」とか書いた紙切れを安全ピンで胸に留めているありさまだから、巨額を費やし映像技巧的にも画期的な作品だったグリフィスの長編とは比べ物にならない。

　ところが百年の時を経て見てみると、作った当人たちが意図しなかったであろうことも含めて、この小品はアメリカの意識下の欲望を目を見張るほど雄弁に語ってくれる。それはアメリカの入植者が単に先住民を排除して大陸に覇権をうち立てたのではなく、排除の後に彼らの文化・伝統や技能を我がものとして内面化することで、ヨーロッパから独立したアメリカのアイデンティティを正統化してゆくさまである。そして、そのような主体形成のプロセスを描く物語映画が最古の野球映画であることは、注目に値する。

走れ、ウィリアム

　「最期の試合」が語るのは、時代を問わずくりかえし語られる野球特有の筋立て、すなわちベースボールに独特のナラティヴ・プロットであり、西部フロンティアの

民話であり、超人的身体能力を発揮するチョクトー族選手の伝説であり、彼の威厳ある高潔さであるが、なによりも、野球とアメリカ先住民が主にヨーロッパ系アメリカ人の国民アイデンティティ形成に果たして来た役割である。

20世紀初頭、野球は全国的な人気を誇っていた。南部諸州からアメリカ領ハワイ、フィリピンまで津々浦々に野球チームがあった。しかし、大リーグはいまだ東部・中西部に限定されていたから、大リーガーたちの活躍を動画に収めたニューズリールや短編ドキュメンタリーは、映画興行の草創期から人気のあるプログラムだった[50]。

「最期の試合」のプロットは野球というスポーツ特有の劇的プロットから成り立っている。町中が注目する決勝戦、賭博師の誘惑、エース不在で苦しむチーム、最後に訪れる大団円……。後々あらゆる野球物語でくり返し使われるモチーフが、揺籃期の野球映画ですでに認められる。

同時にこの映画は西部劇でもある。大リーグのない町の観客にとって、ベーブ・ルースのニューズリールが遠い国の便りであったのと同様、大リーグチームのある都市の観客にとって、西部はエキゾチックな辺境であった。本編でも、フロンティアの異国情緒を強調するよう

---

[50] サイレント野球映画については、Kino International社DVD付属の解説書を参照。

なイメージが散りばめられている。イギリス人最初のヴァージニア入植地ジェイムズタウン（1607-99）ならぬ、ジムタウンという架空の町で、「大興奮、ベース・ボール最終戦」と喧伝される試合は荒野の決闘を彷彿とさせるし、町民の集会所でもある酒場には賭博師がたむろすれば、羽飾りも勇ましい正装の「インディアン」も現れる。映画の字幕が「すばやい西部の裁き」と揶揄するように、町の司法は保安官の独裁的手腕にかかっており、公正な裁判手続きもなにもあったものではない。すべては拳銃一発で片付けられてしまう。野球場には回転草が舞っているし、酒場や球場を一歩出れば、そこは荒野である。東部の都会人からすると身の毛もよだつような辺境の野蛮な暮らしが、映画の中では、揶揄の対象として、またこの国を偉大ならしめるフロンティアとして表象され、劇場の観客に消費される。

　この物語の中心に据えられているのはチョクトー族のスター投手ウィリアム・ゴーイングである。チョクトー族が登場することから、オクラホマ州が舞台であることが察せられる。1909年にこの映画が公開される2年前に、オクラホマ・テリトリーがインディアン・テリトリーを吸収合併するかたちで、合衆国第46の州が誕生した。今日の観客が違和感を覚えるのは、なによりも物語の中におけるこのビル・ゴーイングの立場である。プロット的には彼は疑いもないヒーローであるにもかかわらず、映像的には観客が自らを重ね合わせる対象や感情移

入の対象として描かれていないがゆえに、ビルを主人公と呼ぶことがためらわれるのだ。

　ビルの人物造形はインディアンのステレオタイプから成っている。鼻梁隆々たる黒髪長髪の日焼けしたハンサムで、寡黙な無骨者。「インディアン嘘つかない」(オネスト・インジャン)し、友情を尊び、死を恐れない。野球は強いが、酒にはめっぽう弱い。

　酒を除いては好意的なステレオタイプに見えるかもしれないが、たとえばインディアンが正直であるというというステレオタイプは、彼らがキリスト教的堕落以前の世界に暮らす高潔な野蛮人であり、子供のような単純な心根の持ち主で、権謀術数に長けた白人のような頭脳を持ち合わせていない、という偏見の裏返しである。野球が強いのも文明人にはない「身体能力」のおかげであり、羽飾りの友人も遠方の早駈けを聞き取る「動物的」聴覚の持ち主だ。

　このようにステレオタイプ的だが好感を持てなくもないビルは、プロット上は非の打ち所のない英雄である。金銭や酒の誘惑を退け、正当防衛であったにもかかわらず自らの罪を認めて抗議せずに極刑に甘んじ、チームを勝利に導き、友との約束を果たして最後は無言で死ぬのだから。しかも、ビルの活躍と犠牲はなにひとつビルとその友に資することがない。わたしたちがビルに自らを重ねることができないのは、彼が徹頭徹尾他者に都合の良いヒーローだからである。ビルの孤軍奮闘の受益

者はバッテリー以外は全員白人が演じているチョクトー軍[51]であり、銃殺刑を無事執行したことで今日もまたジムタウンの秩序を守った上、賭けに負けたにもかかわらず一銭も失わない保安官であり、死後ビルを伝説的な選手として祭り上げることで、先住民を「人間」から「シンボル」へと昇華させ、国土継承の正統性を得るジムタウンの人々、すなわち合衆国市民である。まさしく、「良いインディアンは死んだインディアン」とも要約できる物語が「最期の試合」なのである。

　実際、ビルのチームメイトや町の野球ファンは、決勝戦に勝った瞬間はビルに声援を送るものの、彼がどんなトラブルに巻き込まれているかはまったく関心を示さないし、保安官は、賭けに負けたくない一心でビルの銃殺を急ぎ、その後裁判官の猶予の知らせを受け取ってもなんの悔悟の念も見せず、野球選手らとともにどやどやと処刑場を後にする。

　20世紀初頭のヨーロッパ系アメリカ人にとって、いずれにせよ絶滅する運命にあった種、それがインディアンだったのだ。

10人のインディアン——消えゆく先住民たち

　19世紀以前のアメリカ先住民の人口を推定することは困難で、専門家の間でも推定値に隔たりがあるのだが、コロンブスのアメリカ到達（1492）以降、南北アメリカの先住民が天然痘を筆頭とする疫病、ヨーロッパ

人による大虐殺、戦争、移住などによって、部族が絶滅したり、大幅に人口を減らしたことについては、議論の余地がない。(表3)

表3 アメリカの人口動態 (1492-1980)
(上) 先住民　(下) アメリカ全体[52]

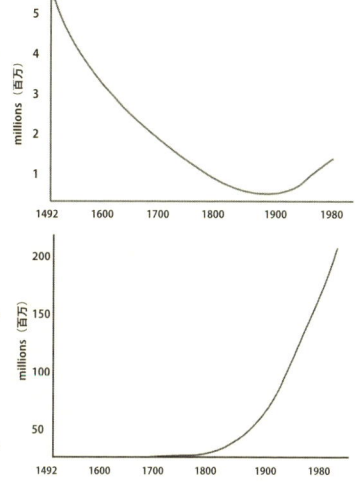

ミシシッピ川東岸に居住していたチョクトー族については、ヨーロッパ人との接触当初から友好的な関係を保っており、西洋文明を取り入れることに比較的抵抗を示さなかったので、ヨーロッパ人から「文明化五部族」のひとつと見なされてきた。そのため、他の部族のように入植者やアメリカ人と戦争になったりすることもなかった。そんなチョクトー族でさえ、合衆国との計9本の条約により徐々に土地を失っていき、軍人時代先住民殲滅で名を揚げたアンドリュー・ジャクソン（1767-

---

51)　『ミコ・キングス』（後出）では、チョクトー軍を演じているのはすべて先住民とされている。
52)　Thornton, Russell. *American Indian Holocaust and Survival: A Population History since 1492*. Norman: U of Oklahoma P, 1987. p.xvii. より作成

1845）第7代大統領（1829-37）が法制化を進めた強制移住法（1830）により、米国東南部の他部族同様、ミシシッピ以西のインディアン・テリトリーへ移住を余儀なくされた。「涙の旅路」として知られるチェロキー族の移住では、ジョージアからオクラホマへの道中で部族民の4分の1が命を落としたといわれている。チョクトー族の人口は移住前に2万人程度で、1万5千人程度が移住をし、道中で約2千～3千人が死亡した。（図19）

強制移住以降は、連邦政府のインディアン局主導で先住民をアメリカ社会に同化させる施策が継続された。なかでも、1887年成立のドーズ一般土地割当法は先住民

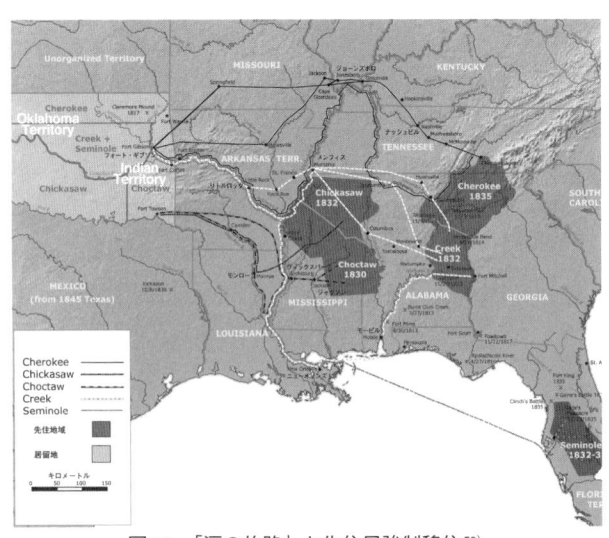

図19 「涙の旅路」と先住民強制移住[53)]

居留地の部族共有を廃止して私有地化することで、先住民をアメリカ的私有財産所有者に変えようとした結果、先住民の自治組織と共同体文化を破壊し、ヨーロッパ系入植者による土地の搾取を許した。また連邦政府や宗教団体によって設立・運営された寄宿学校は、子弟を部族から隔離して「文明化する」教育を施し、部族言語の消滅と世代間の断絶を促した。これら諸政策と、移住や白人によるバッファロー乱獲による自然環境の変化、貧困による衛生不良や西部開拓民との軋轢、事故、自殺により、強制移住以降先住民は着実に人口を減らし、20世紀初頭には史上最低レベルに達した。1907年のオクラホマ州成立は、先住民搾取の到達点ともいえる。1909年の「最期の試合」は、先住民の人口がまさしく底をつき、土地も文化も失いつつある時期に制作されたのだ。

　現在合衆国総人口に対する先住民の比率は1パーセントに満たない。黒人差別の源泉が労働力搾取にあるのに対して、奴隷労働に不向きとされた先住民は国土を占拠する邪魔者にすぎなかった。先住民はマイノリティの中のマイノリティであり、常に絶滅への圧力と闘ってきたといえるだろう。

文化的食人——人間からシンボルへ

　先住民の大幅な人口減は開拓地拡張に伴う土地の詐取

53）　http://en.wikipedia.org/wiki/File:Trails_of_Tears_en.png．より作成。

を可能にしたばかりではない。同時に、ヨーロッパ系アメリカ人の国家観に見合うように先住民文化を歪曲し濫用する契機ともなった。すなわち、先住民が死滅することによって、彼らの文化を自己を引き立たせる形で自由に利用できるようになったのである。これは文化的カニバリズムの一形態にほかならない。敵対部族を殺戮して食し体内に取り込むことで敵の強さや美徳を自らのものとするのが、異部族食人(エクソカニバリズム)である[54]。「人間」が消え「意味／シンボル」が残る。たとえば、現在先住民が住んでいない土地に先住民言語由来の地名がある場合などに、その形骸を認めることができるだろう。またスポーツの世界においては、地元の歴史や地域住民構成とは無関係に「レッドスキンズ」という蔑称や「インディアンズ」といった具体性を欠く総称がチーム名として広く用いられてきた。

　アメリカ建国以来、ヨーロッパ文化と一線を画した独自文化の優位を主張する際、先住民文化はアメリカの独自性を担保する重要な根拠となってきた。

　野球と先住民の問題が交差するのはまさしくこのアメリカ例外主義においてである。ヨーロッパ系の打者を次々と三振に押さえるチョクトー族の超人的投手ビル・ゴーイング――これほどアメリカの独自性と優越性を誇るのに鮮やかな野球例外主義的イメージはあるだろうか。チョクトー族はラクロスの原型となった格闘的球技を継承している。おそらくアメリカ最古のスポーツであり、

図20　カボッカを持つチョクトー戦士(ボール・プレイヤー)[57]

「戦争の弟」とも「スティックボール」[55]とも呼ばれるチョクトー式の棒球は、細身のラケット「カボッカ」を両手に持ってプレーする二刀流で、早くから伝道師や人類学者に知られていた[56]。「最期の試合」は、チョクトー族をエースに据えることで、ベースボールがアメリカ「土着」のスポーツだとほのめかす。(図20)

しかし、ベースボールを単に「インディアン」由来の遊戯ではなく真に「アメリカ人」のものとし、「国民的遊戯」として国家的神話のバックボーンとするためには、ビルには退場してもらわなければならない。

---

54) カニバリズムについては以下を参照。Sanday, Peggy Reeves. *Divine Hunger: Cannibalism as a Cultural System.* Cambridge: Cambridge UP, 1986. 中山元訳『聖なる飢餓:カニバリズムの文化人類学』青弓社.
55) 都会の路上で遊ばれる草野球の一種「スティックボール」とは別物。
56) スティックボールについては以下を参照。Vennum, Thomas. *American Indian Lacrosse: Little Brother of War.* Baltimore: Johns Hopking UP, 2007.
57) スミソニアン協会所蔵。Catch, George. "Ball Players."

第4章　最初の野球映画「最期の試合」　73

これは物語映画というフィクションの世界に限られた話ではない。アメリカン・リーグのクリーヴランド・インディアンズの本拠地オハイオ州クリーヴランドには、1887年から89年までスパイダーズというアメリカン・アソシエーションのチームがあり、ここにルイス・ソカレクシス（1871-1913）というペノブスコット族の外野手が在籍していた。先住民初のプロ野球選手である。しかしソカレクシスはデビューこそ華々しかったものの、在籍3年間でわずか96試合、計367打席しか出場の機会を与えられなかった。ソカレクシスが出場すると、観客はインディアン風の雄叫びを挙げ、人種差別的なヤジを浴びせたという。また学生時代から飲酒問題がつきまとい、スポーツ記者らは「インディアンゆえの弱さ」と非難した[58]。

　今日クリーヴランド・インディアンズの名称は議論の的である。その由来については、決定的な史料がなく結論を見ていない。ソカレクシスに敬意を表しているという説もあるし、他にも、伝説的なレニ・レナペ族の首領タマネンド（1625ごろ-1701ごろ）を遠い由来とするボストン・ブレーブス（現ナショナル・リーグのアトランタ・ブレーブス）の「奇跡」として語り継がれる1914年全国制覇にあやかったのだという説もある。

　しかし、由来が論争になること自体が、本質からの逸脱といえるかもしれない。

　イロコイ語で「美しい川」を意味するオハイオ第二の

都市クリーヴランドは、「曲がった川」を意味するカイヤホガ川に面している。この由緒ある土地オハイオ州に今日先住民居留地はひとつもない。先住民人口も全体の0.2％にすぎない。インディアンたちがいなくなってしまった土地で、ソカレクシスが死んだ2年後に誕生した「クリーヴランド・インディアンズ」。ビル・ゴーイングも、ルイス・ソカレクシスも、合衆国独自のスポーツに威厳と神秘性を与える「死んだインディアン」であることを忘れてはならない。

　映画「最期の試合」は、死者を勇者と崇めることで隠蔽される歴史があることを図らずも証言している。スポーツチームの名称やロゴをめぐる論争は、生き残るのはマスコットか人間かを賭けた闘いであるといったら極言にきこえるだろうか。他者を名付ける権利、他者の名前を自由に使う権利は、悪意の有無にかかわらず勝者が行使する特権なのだ。

　「人間」から「シンボル」へ。白人チームメイトたちは、ビルが死んではじめて、彼がいかに偉大な野球選手で尊敬に値したのか心おきなく語り伝えることができる。そうしてはじめて国民的遊戯の創生は完了する。ビルは去りゆく運命にあったのだ。
　　　ゴーイング

58）ソカレクシスと球団マスコットの関係については以下を参照。
Guiliano, Jennifer. "The Fascination and Frustration with Native American Mascots." *theocietypages.org* . WEB.

ネイティヴ・アメリカン・パスタイム

　このような勝者の歴史観に異議を唱える小説が、チョクトー族の作家リアン・ホウ（1951-）による『ミコ・キングス——インディアン野球物語』（2007）[59]である。（図21）

　ベースボール先住民起源説と映画「最期の試合」にインスピレーションを得て、オクラホマ州成立にともないイン

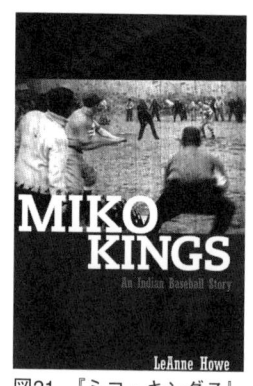

図21　『ミコ・キングス』（「最期の試合」から試合場面を表紙にしている）

ディアン・テリトリーが消滅する1907年前後、市民権運動に触発されて先住民の民権運動がわき起こる60年代、そして9.11後の現代を舞台に、歴史に翻弄されるチョクトー族野球選手たちの命運を、時空を超えて、喜悲劇織り交ぜながら描く。主人公のひとりチョクトー族のホープ・リトルリーダーは、インディアン・テリトリーの町エイダの野球チーム、ミコ・キングスで「魔球」を操るエースとして活躍する。このホープこそ、「最期の試合」でビル・ゴーイングを演じた男だという。もちろん「インディアンらしさ」を演出するカツラとメーキャップ付で。ホープと仲間の「インディアン野球物語」を語るのは、現代に生きる語り手と過去から召還されたエイダの郵便局員エゼル・デイというふたりの女性である。実は、ホープには「最期の試合」のビル・ゴーイン

グよりもはるかに残酷な運命が待ち受けている。一方、エゼルはヨーロッパ人の時間とチョクトー族の時間は均質でないという「チョクトー相対性理論」を発見し、時間を旅する能力を手に入れる。果たして「チョクトー相対性理論」は、ホープの、ひいてはチョクトー族そしてアメリカ先住民たちの「死よりもひどい運命」を書き換え、絶望を希望に塗り替えることができるのか。

百年後の現代に至るまでのチョクトー族の歴史が、「アメリカ」のゲームでなく、「インディアン」自身のゲームであるベース・アンド・ボールを軸に語られる。映画「最期の試合」をはじめとする主流文化が作り上げてきた野球例外主義の伝統を逆手に取って、新たな反・神話を創造する。そんな再創造を可能にするしなやかさにこそ、野球の文学的伝統の豊かさを見出したい。

次章では、野球神話を語り直すことでアメリカの夢に新たな息吹を与えた人気の高い映画『フィールド・オブ・ドリームス』(1989) を読み解いていこう。

---

59) Howe, LeAnne. *Miko Kings: An Indian Baseball Story.* San Francisco: Aunt Lute Books, 2007.

第5章

フィールド・オブ・アメリカン・ドリームス

父と子の和解の物語

　長編映画『フィールド・オブ・ドリームス』(1989)[60] は世代間の確執と和解の物語である。ベビーブーマーの主人公レイ・キンセラは60年代のカウンターカルチャーの洗礼を受けており、古い気質の父親とは政治信条も価値観もまったく相容れなかったことが冒頭からくり返し述べられている。唯一の共通点は野球愛だが、ヤンキースファンだった亡父に対してレイは負け犬チームをひいきする。

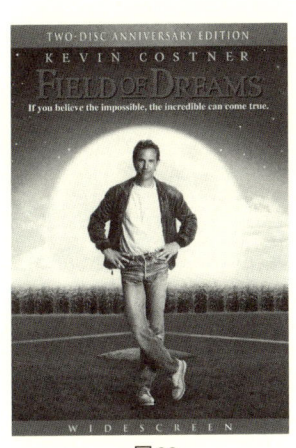

図22　『フィールド・オブ・ドリームス』

---

60)　Robinson, Phil Alden. *Field of Dreams.* 1989.

レイは不思議な声を3度耳にする。「それを建てれば、彼は来る」「彼の痛みを癒せ」「遠くへ行け」。己の直感に従い、自宅の農地をつぶして手作り野球場を建て、球界を永久追放され失意の内に亡くなったシューレス・ジョー・ジャクソンを召喚し、隠遁するカルト作家テレンス・マンを誘拐して、彼の野球にまつわる子供時代の失望を癒し、メジャーの試合一試合のみに出場したものの結局打席に立つ機会がなかったアーチボルド・"ムーンライト"・グラハムに再びプレーの場を与える。一連の冒険の結果、世代を超えて人々を結びつける野球の価値に目覚めたレイは、父親を受け容れられるようになっていた。

　結末間際、とうもろこし畑の野球場に、父親がピンストライプのユニフォームをまとった若き捕手姿で顕われ、息子と無言のキャッチボールをする。主人公にとって反面教師でしかなかった父親と精神的な和解を達成する、そのシンボルがキャッチボールなのである。

　「それを建てれば、彼は来る」「彼の痛みを癒せ」という預言の「彼」は、実はジョー・ジャクソンやカルト作家テレンス・マンのことではなく、父親のことであったのだ。

　『フィールド・オブ・ドリームス』が癒しの映画と評されるのも、戦前の保守的価値観と戦後の革進主義が、野球というゲームそして野球場というパストラルな場の力を通じて和解する物語だからである。ちなみにこの映

画は、1992年の大統領選時に民主党のビル・クリント
ン（1946-）候補が「好きな映画」として挙げたことで
も注目された。金髪碧眼のアスリートが超人的な力と不
動の倫理で勝利し家庭の平和を取り戻すレーガン時代
（1981-88）を代表する野球映画『ナチュラル』にたい
して、80年代末から90年代の多文化主義論争の時代に
公開された『フィールド・オブ・ドリームス』は、平凡
な革進主義者を主人公に、異なる価値観が相容れられる
ようなアメリカ社会の実現を示唆してみせる点において、
中道的な政策で広く支持を取り付けたクリントンらしい
選択ともいえるだろう。

　80年代当初レーガン時代と歩調を揃えるかのように見
えたポピュラー・カルチャーにおける野球の復活は、単
なる社会的保守主義のプロパガンダには終わらなかった。
政治信条や価値観の違う人々が「ベースボールの癒しの
力を通じてアメリカの［周辺から］メインストリームに
再び招き入れられた」のだ[61]。人々にひとつの価値観を
押し付けるのではなく、価値観の違う人々を結びつける
のがベースボールの力だと見なされるようになった。

　では『フィールド・オブ・ドリームス』において、
異なる価値観の和解はいかにしてなしとげられるのか。
物語の上だけでなく、映像技巧にも着目して解読して
みよう。

61）Tygiel, p.219.

テイク・ミー・トゥー・カムデン・ヤーズ

　球場がもつ魔力を叙情的に描いた『フィールド・オブ・ドリームス』公開と同じ1989年、ボルチモア・オリオールズの新球場カムデン・ヤーズのオリオール・パークが着工し、1992年に開場した。ラウズ開発会社が手がけた巨額の都心再開発事業は、ドーム球場と人工芝の時代に終わりを告げ、野球復興の新たなページ、新レトロ球場時代の到来を告げる記念碑的事業となった。

　都心の観光地インナーハーバーから徒歩圏にあり、センター越しに高層ビルのスカイラインを臨む球場は、1900年代に建てられた古球場 ——ボストンのフェンウェイ・パーク（1912-）とシカゴのリグリー・フィールド（1914-）をのぞいてもはや消えてしまった遠い昔の球場—— が持つ魅力を再現したデザインで、フィールドは総天然芝だし、意図的に左右非対称に造られている。立地が列車車両車庫だったことに由来する「カムデン・ヤーズ」という名も緑の田園を彷彿とさせ、「古き良き時代への感傷ばかりか、遠い昔のアメリカへの感傷」をかき立てようとする[62]。（図23）

　外見上は古球場を思い起こさせる一方で、オリオール・パークはモダンな機能を完備し、過去の不便は徹底的に排除されていた。交通のアクセスや駐車場の便利がよく、座席やトイレも快適で、売店が充実し、とりわけVIP席が拡張された。旧球場より入場料がかなり値上げされたにもかかわらず、初年は3百万人を越える記録的

図23　カムデン・ヤーズからボルチモア都心を臨む

入場者数で、オリオールズの成功はレトロ球場ブームを引き起こした[63]。

　デイヴィド・マクギンプシーは、オリオール・パークは企業増収を目的に設計された歴史的建造物のシミュラクラ（本物の立場を取って代わる模造品）だと指摘する。「緑の草地は、アメリカで失われたさまざまな心地よいイメージ、すなわち、環境汚染や犯罪やフリー・エージェント制度にまだ汚されていない場所を呼び起こす。そしてそこでかき立てられるポジティヴな感情は、球場を再び訪れ消費を促す気分につながるため、企業の攻撃

---

62) McGimpsey, David. *Imagining Baseball: America's Pastime and Popular Culture*. Bloomington: Indiana UP, 2000. pp.62-64.
63) McGimpsey, p.63. 古球場および近年のレトロ球場については以下を参照。Lowry, Phillip J. *Green Cathedrals: The Ultimate Celebrations of All 273 Major League and Negro League Ballparks Past and Present*. Boston: Addison-Wesley, 1993.

的なマーケティングの的となる」。シミュラクラ球場が消費者に提供しているのは、試合や売店グッズではなく、修正された過去に喚起される心地よい感情なのである。オリオール・パークは入場料を払うことで古き良き時代が疑似体験できる緑のテーマパークといえる。緑は牧歌的フィールドの色だけではない。ドル札もまた緑色なのだ[64]。

幸せは緑色

　これはまさしく映画『フィールド・オブ・ドリームス』の結末で謳われているアメリカン・ドリームの実現にほかならない。

　直感が命じるままに自宅の畑をつぶして球場を建てたため、レイの一家は農場差し押さえの危機に瀕してしまう。しかし、娘のカリンとカルト作家テレンス・マンにとっては、球場こそが経済的再生の鍵であった。

　　「レイ、人々はやって来るよ。自分でも見当がつかないような理由で人々はアイオワにやって来る。なぜかわからないまま、君の家の玄関先に現れる。子供のように無垢な心で、過去に憧れ戸口にたどり着く。もちろん、見学していただいてかまいませんよ、と君は言う。ひとりたったの20ドルです。人々は悩むこともなく金を渡すだろう。だって金は持っているけれど、心の安らぎがないのだから。
　　「人々は外野席へと歩いていく。美事な昼下がり、シャツ一枚で腰掛ける。ベースライン沿いには自分専用の予約席があると

気づくだろう。そこに掛けて、子供の頃ヒーローを応援したのだ。そこで試合を見るのは、まるで魔法の水に浸されるような体験になるだろう。よみがえる思い出はあまりに濃厚で、顔から手で払いのけなければならないほどだ。

「人々はやって来るよ、レイ。時代を通じてずっと変わらなかったもの、それがベースボールだ。アメリカはスチームローラーの群れのように突進してきた。黒板のように消されては立て直され、また消されてきた。このフィールド、このゲーム、これこそ僕らの過去の一部なんだ、レイ。すべての古き良き日々、そして再び訪れるだろう良き日々を思い出させてくれる。

「ああ、人々はやって来るよ、レイ。きっとやって来る」

このテレンス・マンの預言は、ベースボール礼賛の至言として決まり文句のように各所で引用されるが、見逃してならないのは、マンが語るヴィジョンは単に童心に返って在りし日々を再体験できる野球の魔術的魅力に留まらない点である。彼は郷愁体験を売ることが経済的成功につながることを明言しているのであり、それは売り手と買い手の双方に満足をもたらす経済行為として奨励されている。レイの一見無鉄砲に見えた一連の行動が、精神的にも経済的にも幸福な結果をもたらすことが預言されている。

実際、亡き父親との再会と精神的和解を象徴するキャッチボールを経た後、映画の真のラストシーンは、夜の

---

64) McGimpsey, p.64.

トウモロコシ畑にきらめく星座のように連なる車のヘッドライト、レイの球場を目指して押し寄せる車列であり、マンの預言が実現するであろうことを示唆して映画は静かに幕を閉じる。

『フィールド・オブ・ドリームス』の魅力は、アメリカン・ドリームの実現というハリウッドが飽きるほどくり返し描いてきた物語を、国民的遊戯ベースボールを中心的シンボルに据え、マジック・リアリズムの手法で新たに描き直した想像力のみずみずしさに尽きるだろう。今は亡き野球選手の無念を晴らすためだけに生計を脅かしてまで球場を手作りする行為は、あまりに現実離れしていてドン・キホーテ的でさえある。だが結果的に、レイの純真な「幸福の追求」は「心の安らぎ」ばかりか経済的安定をもたらす。自己実現は金銭で報われる、いや報われるべきである、というのがマンの預言するアメリカ的ヴィジョンなのだ。

J・D・サリンジャーからテレンス・マンへ

作家テレンス・マンは、プロット的にも映像的にも本作品の鍵となる重要な人物であると同時に、妥協の産物でもあった。実はW・P・キンセラの原作には、この架空の作家は登場しない。「彼の痛みを癒せ」の声に導かれて主人公レイがコネティカットまで会いに行くのは、他ならぬ『ライ麦畑でつかまえて』(キャッチャー・イン・ザ・ライ)の作者、あのJ・D・サリンジャー（1919-2010）なのだから[65]。

本作が映画化されるにあたって、自作の版権管理の厳しさで知られ訴訟好きの実在の小説家が登場することが制作者を悩ませたことは想像に難くない。実際、小説出版の時点で、サリンジャーの代理人から今後の展開によっては訴訟の可能性もあるとキンセラは警告されたという。そこで、主演のケヴィン・コスナー（1955-）と映像的に好対照をなす年長で大柄な黒人俳優ジェイムズ・アール・ジョーンズ（1931-）を念頭に、架空の隠遁カルト作家テレンス・マンが造形された。だが、マンを美声の黒人俳優が演じたことは単なる妥協以上の効果をもたらしたのだ。

ジェイムズ・アール・ジョーンズの数奇な野球人生

　マンを演じるアール・ジョーンズの顔を思い浮かべられなくても、声を知らない人はおそらくいないだろう。『スター・ウォーズ』シリーズ（1977-）でダース・ベイダーの声を演じていた。いわば、わたしたちの心の奥底に刷り込まれた面影も知らぬ影の父の声、それがアール・ジョーンズの声なのだ。

　バリトンの美声で声優・朗読の仕事も多いアール・ジョーンズは、南部ミシシッピ州の生まれ。高校まで吃音に悩まされたが、人前で話す指導を受け、大学進学と従

65）レイ・キンセラとレイの双子の弟リチャード・キンセラの名前は、サリンジャー作品 *The Catcher in the Rye* と "A Young Girl in 1941 with No Waist at All" に登場する人物にちなんでいる。

軍後に演劇を始めた。『ボクサー』の舞台（初演1967）と映画化（1970）[66] で主演のジャック・ジェファソンを演じ、トニー賞とゴールデングローブ賞を受賞して以来、演劇・映画で幅広い才能を発揮している。2011年にはアカデミー賞名誉賞を受賞した。

国民的な俳優ともいえるアール・ジョーンズは、同時に、国民的遊戯の俳優でもある。『フィールド・オブ・ドリームス』からさかのぼること約10年、『ビンゴ・ロング』（1976）[67] で、アール・ジョーンズは戦前のニグロリーガーを演じている。メジャーリーグ人種統合前の黒人野球の世界を舞台に、スーパースター投手サチェル・ペイジ（1906ごろ-1982）をモデルにした投手ビンゴ・ロングが、チームオーナーの横暴に対抗して仲間たちを集め巡業チームを結成し、波瀾万丈の旅をするという野球冒険コメディである。アール・ジョーンズ演ずるリオン・カーターは「黒いベーブ・ルース」の異名があった捕手ジョシュ・ギブソン（1911-47）をモデルにしている。（図24）

『ビンゴ・ロング』はニグロリーグ時代の野球を描

図24
『ビンゴ・ロング』ポスター

いた数少ない作品であるにもかかわらず、黒人野球の文化表象例として今日あまり積極的には取り上げられない。白人小説家とヨーロッパ人監督による作品で、しかも正規の黒人リーグではなく、巡業野球をおもしろおかしく描いて見せたため評価が芳しくないのである。

では、黒人作家によるニグロリーグを扱った文学作品にはどのようなものがあるのだろうか。

残念ながら、無きに等しいのが現状である。その要因のひとつは、もはや野球がアフリカ系アメリカ人にとって主要なプロスポーツではなくなってしまったことにあるだろう。また、近年アフリカ系アメリカ人の社会的・経済的地位が向上したことで、差別的政策のまかり通ったジム・クロウ時代（1877-1954ごろ）を回顧することに黒人中流層が消極的になってきたことも影響している。

アフリカ系アメリカ人作家によるニグロリーグを題材にしたほぼ唯一の文学作品として必ず参照される作品、それは、劇作家オーガスト・ウィルソン（1945-2005）による長編戯曲『フェンス』（1983）[68] である。ウィル

---

66) 黒人初のヘビーウェイト級チャンピオン Jack Johnson (1878-1946) の伝記にインスパイアされた Howard Sackler (1929-82) の戯曲 *The Great White Hope*.

67) Badham, John. *The Bingo Long Traveling All-Stars & Motor Kings.* 1976. William Brashler (1947-) による 1972 年の同名小説を原案とし、*Saturday Night Fever* (1977) でブレイクしたイギリス生まれのバダム監督 (1939-) の長編デビュー作で、日本未公開。ブラック・ポピュラー・カルチャーが非黒人層にも認知されるようになった 1970 年代は、"Blaxploitation" と呼ばれる黒人映画がブームとなった。

68) Wilson, August. *Fences.* London: Samuel French, 1983.

ソンはドイツ系移民の父とノースカロライナ出身の黒人の母との間に生まれた。出身地ピッツバーグを舞台にした連作戯曲「ピッツバーグ・サイクル」は、20世紀それぞれの10年(ディケード)を背景に、ピッツバーグの黒人たちを描く。『フェンス』は第6作、1950年代の物語である。(図25)

図25 『フェンス』戯曲表紙

　主人公トロイ・マクソンは往年のニグロリーグ大打者であったが、メジャーリーグ参加の機会を逃しピッツバーグでゴミ収集業に就いている。男として、父親としての責任とプライドをめぐる葛藤が、妻や息子たち、弟や友人との弾むような会話を通じて描かれる。

　本作でウィルソンは1987年ピューリツァー賞とトニー賞を受賞し、ブロードウェイ初演で主人公トロイ・マクソンを演じたアール・ジョーンズも同年トニー賞主演賞を受賞した。演劇史上に残る強烈な黒人主人公としてしばしばオセロとも比べられるトロイ・マクソンは、黒人男優にとって舞台キャリアの到達点となる複雑な役柄として知られている[69]。

　このようにジェイムズ・アール・ジョーンズは、アフリカ系アメリカ人と野球の関係を語る上で重要な諸作品

に出演しており、野球と縁が深い俳優なのである。『フィールド・オブ・ドリームス』の大成功以降は、MLB関連のイベントに出演したり、交響曲『打席のケーシー』[70]で詩を朗読したりと、国民的遊戯の声としての活躍がめざましい。

見えない人間たち

　話を『フィールド・オブ・ドリームス』に戻そう。

　第一次世界大戦から帰還したのち生まれて初めて大都会シカゴで大リーグにふれたレイの父は、少年のようにジョー・ジャクソンの無実を一生信じていた。だから球場を建ててジャクソンを召喚することは、父の無念を晴らすことであり、ジャクソンと父双方の鎮魂儀礼となる。

　とはいえレイの冒険が物語として観客に訴えかけるのは、目先の利害を捨てて、自らのヴィジョンを信じて夢を追求する彼の無謀ともいえる純粋さがゆえであり、その夢が精神的充足と経済的成功の両面で報われることはすでに述べた。

　実は、この映画にはもうひとつの和解を示唆する映像が潜んでいる。そして、それは映像の可視性／不可視性と密接に関わっている。

---

69) Denzel Washington (1954-) が 2010 年にニューヨークで、イギリスのコメディアン Lenny Henry (1958-) が 2013 年にロンドンで演じている。
70) Bass, Randol Alan Bass. *Casey at the Bat.* 2001.

1919年のワールドシリーズで、ジャクソンら8名のシカゴ・ホワイトソックス選手は意図的に負けたとされ、1920年球界から永久追放されることになった。このいわゆる「ブラックソックス事件」の後、厳格な初代コミッショナー、ランディス判事の采配で球界は威信を取り戻し、大リーグは1920年代後半から30年代の黄金時代に突入する。

　しかし今日ランディスの人気は芳しくない。というのも、彼は大リーグの人種統合に消極的だったからである。

　19世紀の一時期黒人選手が在籍した例をのぞいて、メジャーリーグは一貫して黒人の参加を徹底的に排除してきた。これはオーナー同士の不文律、紳士協定に基づいている。だが1920年代全国で野球熱が盛り上がってきたころ、ハーレム・ルネサンス[71]に代表されるような都市部の黒人文化が花開く。黒人選手による黒人ファンのための黒人野球が勢いを増してくる。大リーグの現場の監督にしてみれば、チームを勝利に導く力になるならば人種は関係ないし、選手たちの中にも最強の黒人選手たちと対戦を望む者は少なくなかった。シーズンが終わると巡業チームやオールスターチームに参加して、ときには偽名を使ってまで、黒人チームとエキシビション試合をするが、ランディスはそのような他流試合を厳しく罰した。

　戦後ランディスの死去によりコミッショナーが代替わりしたことで、大リーグはようやく人種統合に動き出す。

その後の歴史は第1章に述べた通りだ。いうなれば、ジャッキー・ロビンソン登場以前のメジャーリーグは厳密には「国民的遊戯」と呼べないのだ。

『フィールド・オブ・ドリームス』のマンの有名な独白直前に、レイは妻の兄から赤字で差し押さえの危機が迫る農場を売り渡すように迫られる。義兄は常識的利潤追求を旨とする現実主義者であり、レイの手作り球場を酔狂どころか無責任な愚行と見なしている。そんな彼にはレイが召喚した8人の野球選手たちが目に見えない。夢を信じるものだけに彼らの姿が見える——この点が映画に重要な視覚効果をもたらしている。

というのも、わたしたちには当然シューレス・ジョーたちが「見える」のだ。そのため、わたしたちはレイを中心とする選ばれた夢見る人々の仲間入りを許されていると錯覚する。そしてレイが夢を追うことを承認する。

レイが作った野球場は一種の結界となっていて、シューレス・ジョーたちはファウルラインを超えて球場の外に足を踏み出すことができない。だから彼らは常にファウルラインの囲いの中、緑まぶしい芝生の世界にとどまっている。そして彼らの思いを代弁するかのように、詩的言語を駆使して野球が世代を超えて伝えてきた不変の価値を説くのがテレンス・マンである。（図26）

71）ハーレム・ルネサンスは、1920年代、ニューヨーク市のハーレム地区を中心に興った、アフリカ系アメリカ人の芸術・文芸運動。

図26　テレンス・マンの独白

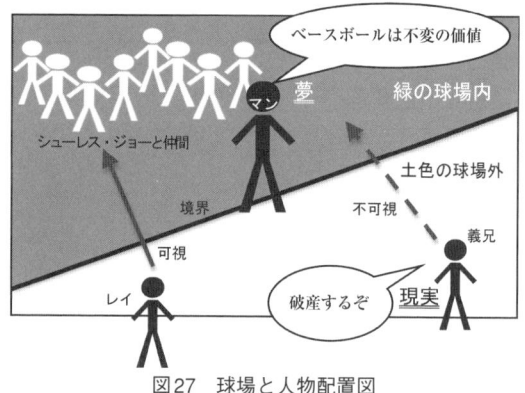

図27　球場と人物配置図

　ファウルラインの外側は義兄が金勘定を迫ってくる現実主義の世界であり、土色をしている。カメラはレイの葛藤を表現するようにファウルラインをはさんで義兄が代表する現実世界とマンが代弁する夢のフィールドの間でカットアップを繰り返す。（図27）

　わたしたちがどちらの側につくかは、「夢が見える」という視覚効果によってすでに決定されている。迷って

いるのは主人公のレイだけなのだ。このシーンは夢と目先の金を対峙させたシーンだということは誰の目にも明らかだろう。

　だが、低音鳴り響くマンの声にわたしたちがうっとりと耳を傾けるとき、みずみずしい緑のフィールドに居並ぶ古武士のような野球選手たちを従える家父長的マンの姿を見て時代を超越する野球の力に癒されるとき、わたしたちは実に巧妙な歴史書き換えの誘惑を目の当たりにしているのだ。

　もういちどマンのセリフを確認してみよう。

「時代を通じてずっと変わらなかったもの、それがベースボールだ。アメリカはスチームローラーの群れのように突進してきた。黒板のように消されては立て直され、また消されてきた。このフィールド、このゲーム、これこそ僕らの過去の一部なんだ、レイ。すべての古き良き日々、そして再び訪れるだろう良き日々を思い出させてくれる」

　ここでは、表面的な視覚効果が「見える＝夢の実現」であるために、わたしたちは「見える」ことを肯定するように操作されている。このきわめて魅惑的なシーンに、わたしたちの眼と耳はすべからく判断を停止してしまう。

　だが、ここでわたしたちは問いかけねばならない。

　はたして、ベースボールは時代を通じてずっと不変であっただろうか。そして「再び訪れるだろう良き日々」とはどのような古き良き過去なのだろうか。それははた

して実際にあった過去、すなわち史実をさすのだろうか。

　黒人作家テレンス・マンは、レイに外界へ引きずり出されるまで、世間から完全に姿を消していた。マンは見えない人間であった。

　黒人文学の金字塔、ラルフ・エリソン（1913-94）作『見えない人間』（1952）[72]の名もない語り手は、黒人を見えない人間として扱う白人中心のアメリカ社会に抵抗して地下に潜伏し、実際に不可視な存在と化すが、最終的には社会の一員となるために外に出る決意をする。

　見えない人間はエリソンの語り手やテレンス・マンに限らない。シューレス・ジョーたちが球界から追放された時代、黒人の野球選手らもまた、メジャーリーグのフィールドの中では不可視の存在であった。

　マンが8人のブラックソックスらを従えてベースボールの不変の美徳を説くとき、わたしたちには俗物であるレイの義兄には見えない8人が見える。しかし、義兄ばかりかわたしたちにも、当時の野球界で見えなかった選手たちは見えない。結局、わたしたちの目は見えない不都合なものを見落としてしまうのだ。

　黒人のマンがブラックソックスの8人と並んで可視化される映像は、「古き良き日々のあの頃」からベースボールはずっと変わらなかったのだと、わたしたちを忘却へと誘惑する。あるいは、これをアメリカの過去の過ちが黒い父に許される徴(しるし)だと見なすこともできるだろう。これこそがこの作品最大の癒しの瞬間ではないだろうか。

しかもわたしたちはそのことに気づいてさえいないのである。つまり『フィールド・オブ・ドリームス』は、野球と映像のサブリミナルな効果を通じて、歴史の書き換えによる人種間の和解を示唆しているのである。

　世代間の確執の解消、経済的成功の承認、そして黒人の家父長的人物からの赦免が同時に実現する、まさしく「夢が本当になる(ドリームズ・カム・トゥルー)」ような物語が『フィールド・オブ・ドリームス』なのだ。

---

72) Ellison, Ralph. *Invisible Man.* New York: Random House, 1952. 松本昇訳『見えない人間』南雲堂フェニックス.

おわりに ── 野球の明白なる運命

　イェール大学古典学教授で、晩年メジャーリーグ第7代コミッショナーを務めたA・バートレット・ジアマッティ（1938-89）は、こう述べている。

　　ベースボールを知ることは、個人、そして一国の市民として、自由を希求し続けることである。というのも、ベースボールは我々の遊戯に独特なかたちで、アメリカに根ざしているからだ。ベースボールはアメリカのプロットの一部である。アメリカの神秘に満ちた、内在する構想(デザイン)の一部である。そのプロットとは、我々皆が一致協力し共謀する企み(プロット)であり、我が国の物語の筋書き(プロット)である。我が国の筋書きとは、自分たちの自由を規制しながらも、自由の質と強度を高めるような秩序を合意形成する自由を手に入れることである。それが我々の根本であり、我が国の物語であり、アメリカが世界に語る物語なのだ。実際、それが自分たちに言い聞かせている物語なのだ。その物語の骨子とエピソードの多くを、わたしは信じている。アメリカの物語(アメリカン・ストーリー)の骨子を繰り返すことで、ベースボールをその中に位置づける

ことで、我々は物語(ナラティヴ)の原則を機能させるのである。[73]

ここでジアマッティが「プロット」と表現するもの——アメリカ市民が共有する企図——は、「運命」と言い換えることもできるだろう。ジアマッティが描くアメリカの「明白なる運命」とは、民主主義的合意と法の秩序の下に市民の自由が保障され、それがより自由で強力な共和国を作っていく、自由のスパイラルである。それこそが、あらかじめ定められた神秘的な思し召(デザイン)である。

また一方で、「プロット」とは、ストーリーテリングの技巧でもある。人間は自らの過去や未来を「歴史」や「理想」という物語(ナラティヴ)形式で語ることで、個人や集団のアイデンティティを形成してゆく。

ベースボールは、神に選ばれた共和国の原理を内包する遊戯であり、ベースボールを遊び語ることは人類普遍の営みである物語行為の実践である——ジアマッティの野球形而上学は、アメリカ国家原理への信仰告白でもある。

本書では、国民的遊戯が隠喩媒体としてアメリカ例外主義や共和主義・資本主義・明白なる運命論といったアメリカの国是を強化する構造を、ベースボールの文化表象に批判的に読みとってきた。最後に付加えておくならば、ベースボールに対する批判的視座はベースボールを遊び・観る喜びを少しも奪うことはない。むしろ、ベー

スボールの神話が見えてくることで、わたしたちはドグマから解き放たれて、中空の白球を追うスリルを取り戻すことができるのではないか。だからこそわたしたちはベースボールを読むのだ。

　本書をまとめるにあたり、慶應義塾教養研究センターのみなさん、とりわけ不破有理所長と篠原俊吾広報担当副所長、そして傳小史さん、日水邦昭さんには多大な協力をいただいた。本書があるのは、ボブ・ルークさん、ビル・ステイプルズさん、川上貴光さんの惜しみない資料提供そして野球研究への情熱から野球研究の奥深さ、面白さを学んだおかげである。また、藤田苑子さんにはきめ細やかなアドバイスをいただいた。最後になるが、慶應義塾大学出版会の木下優佳さん、佐藤聖さんにお世話になったことを記しておく。この場を借りてみなさんにあらためて感謝したい。

---

73) Giamatti, Bartlett A. *Take Time for Paradise: Americans and Their Games.* 1989. New York: Bloomsbury, 2011. p.73.

読書案内──ベースボールをさらに読む50点

ここでは、ベースボールを題材にした文学作品や物語映画、野球選手の自伝に回想録、およびベースボールの文化表象を扱った文献・資料を紹介する。脚註に記載した資料は改めて紹介しない。邦訳のある文献は翻訳者・邦題・出版社名のみ付す。出版年は原著の出版年。映画については＜監督名・タイトル・公開年・『邦題』＞の順。日本で公開されていないものも含まれている。

ベースボールの世界

1. Cassuto, Leonard, and Stephen Partridge. *The Cambridge Companion to Baseball.* Cambridge: Cambridge, UP, 2011. 英語によるベースボール文化学入門書。ルールの説明から国際化まで。イチローの表紙が鮮やか。また日本語で読めるベースボール社会学入門書としては、内田隆三『ベースボールの夢：アメリカ人は何をはじめたのか』東京：岩波新書, 2007.

2. Burns, Ken. *Baseball.* 1994. テレビ局PBSで放映された、18時間半にも及ぶドキュメンタリーシリーズ。バーンズは、ブルックリン橋に自由の女神、南北戦争やジャズ、第二次世界大戦、禁酒法といった、アメリカのありように決定的な影響を与えた出来事や文化事象を一貫してテーマにしてきたドキュメンタリー作家。野球の歩みをアメリカの民主主義の歩みと重ねて描いてみせ、野球史への興味を一般にまで広げた。

3. 平出隆『ベースボールの詩学』1989. 東京：講談社学術文庫, 2011. ベースボールについて日本語で読むならばこの一冊に尽きる。ベースボールとは散文（解説）ではなく、詩（運動）である。同じく平出隆『白球礼賛：ベースボールよ永遠に』東京：岩波新書, 1989 もすばらしい。

ベースボール文学

4. 田窪潔『アメリカ文学と大リーグ：作家たちが愛したベースボール』東京：彩流社, 2010. ベースボールとアメリカ文学の関係を

紹介。邦訳のある野球小説が網羅されており、導入に最適。

5. Dawidoff, Nicholas. Ed. *Baseball: A Literary Anthology.* New York: Library of America, 2002. 野球文学のアンソロジーは数多いが、「ケイシー打席に立つ」から20世紀末までの長編・短編・詩を扱う本書がもっとも網羅的である。他には以下を参照。Staudohar, Paul D. *Baseball's Best Short Stories.* Chicago: Chicago Review P, 1997. Strecker, Trey. Ed. *Dead Balls and Double Curves: An Anthology of Early Baseball Fiction.* Carbondale: Southern Illinois UP, 2004. また、日本語で読めるアンソロジーは以下を参照。Bjarkman, Peter C. Ed. *Baseball & the Game of Life: Stories for the Thinking Fan.* Otisville: Birch Book P, 1990. 岡山徹訳『ベースボール、男たちのダイヤモンド：アメリカ野球小説傑作集』新宿書房. Thuber, James, and others. 稲葉明雄他訳『12人の指名打者：野球小説傑作選』東京：文春文庫, 1983.

6. Nauen, Elinor. Ed. *Diamonds Are a Girl's Best Friend: Women Writers on Baseball.* London: Faber & Faber, 1993. ベースボールは男たちだけのダイヤモンドではない——たとえば、詩人マリアン・ムーア（1887-1972）の野球狂ぶりはよく知られている。女性作家によるアンソロジー。

7. Lardner, Ring, and George Hilton. *The Annotated Baseball Stories of Ring Lardner, 1914-1919.* Palo Alto: Stanford UP, 1995. リング・ラードナーの邦訳短編集には加藤祥造訳『アリバイ・アイク』新潮文庫、加藤祥造訳『ラードナー傑作短編集』福武文庫などがある。

8. Hemingway, Ernest. *The Old Man and the Sea.* New York: Scribner, 1952. 福田恆存訳『老人と海』新潮文庫. マラマッドの『ナチュラル』と同年に発表されたヘミングウェイ晩年の傑作では、ベースボールが重要な役割を負っている。野球と『老人と海』のつながりについては以下を参照。Hurley, C. Harold. *Hemingway's Debt to Baseball in The Old Man and the Sea : A Collection of Critical Readings.* Lewiston: E. Mellen P, 1992.

9. **Harris, Mark.** *The Southpaw.* **1953. Lincoln: U of Nebraska P, 1984.**『バング・ザ・ドラム』のシリーズ第一作。語り手の主人公はニューヨーク・マンモスの頭脳派エースピッチャー。オフシーズンには保険の営業をやっている。シリーズ3作目は、*It Looked Like For Ever.* **1979. New York: McGraw-Hill. 1984.**

10. **Coover, Robert.** *The Universal Baseball Association, Inc.: J. Henry Waugh, Prop.* **1968. New York: New American Library, 1987.** 越川芳明訳『ユニヴァーサル野球協会』新潮文庫．野球小説の前衛的実験作といえばこれ。うだつの上がらない会計士の脳内野球世界は、ヴァーチャル野球ゲーム「ファンタジー・ベースボール」の到来を予言するかのようである。クーヴァーには他にも「ケーシー打席に立つ」のパロディ短編小説 "McDuff on the Mound"「マウンドのマクダフ」がある。上掲書『ベースボール、男たちのダイヤモンド』所収。

11. **Roth, Philip.** *The Great American Novel.* **1973. New York: Vintage, 1995.** 中野好夫, 常盤新平訳『素晴らしいアメリカ野球』集英社文庫．原題には、米国自己礼賛への皮肉がこめられている。ベースボールが「古き良きアメリカ」を体現すると妄信すると足元をすくわれる。

12. **Parker, Robert B.** *Mortal Stakes.* **New York: Random House, 1975.** 菊池光訳『失投』ハヤカワ・ミステリ文庫．パーカーの野球ミステリものにはほかにも、**Double Play. New York: G. P. Putnam's Sons, 2004.** 菊池光訳『ダブルプレー』がある。

13. **Craig, John.** *Chappie and Me: An Autobiographical Novel.* **New York: Dodd Mead, 1979.** チャッピー・ジョンソン率いる巡業黒人チームのメンバーが負傷してしまい、たまたま居合わせた白人の語り手がスカウトされ、黒塗りでチャッピーたちとアメリカ中を旅することになる。語り手は1939年のアメリカにおいて黒人であることがどういうことなのか身をもって体験する。副題が『自伝的小説』とある本書は、真摯な語り手の感受性とあたたかいユーモアが好感を呼ぶ長編小説。

14. **Charyn, Jerome.** *The Seventh Babe.* **1979. Jackson: UP of**

Mississippi, 1996. ボストン・レッドソックスの左利き3塁手（！）ベーブ・ラグランドが暴力沙汰で大リーグから追放され、黒人野球の世界に入っていく。粗野な性描写や侮蔑語、暴力の潜在性をにおわせる言葉遣いを駆使して、一種の暴力ともいえるスポーツが生業のプロ野球選手たちの生きるけものみちを描き出す。

15. Greenberg, Eric Rolfe. *The Celebrant*. 1983. Lincoln: U of Nebraska P, 1993. 野球小説最高傑作との呼び声が高い長編小説。初期野球のヒーロー、クリスティ・マシューソンの伝記とユダヤ系移民の物語が交錯する。

16. Everett, Percival L. *Suder*. New York: Viking, 1983. エヴァレットは実験的な作風の黒人小説家。デビュー作の本書は、シアトル・マリナーズの架空の選手クレイグ・スーダーの魂の旅路をオフビートなユーモアで描く。

17. Kinsella, W. P. *The Thrill of the Grass*. London: Penguin, 1984. 永井淳訳『野球引込線』文藝春秋. キンセラの野球短編小説集はいくつかあるが、日本で入手が容易なのは本書。

18. DeLillo, Don. *Underworld*. New York: Scribner, 1997. 上岡伸雄, 高吉一郎訳『アンダーワールド』新潮社. 冒頭の1951年ニューヨーク・ジャイアンツとブルックリン・ドジャースのペナント優勝戦クライマックスのシーンは圧巻。

19. Feldman, Jay. *Suitcase Sefton and the American Dream*. Chicago: Triumph Books, 2006. 「野球感傷小説」の名にふさわしい長編。時は1942年、ニューヨーク・ヤンキースのスカウト、"スーツケース"・セフトンはアリゾナで若き天才投手を見出す。しかし日系人投手ジェリー・ヤマダは収容所の鉄条網の向こうにいた。セフトンはジェリーの姉アニーにも魅かれてゆく。

20. Lehane, Dennis. *The Given Day: A Novel*. 2008. New York: Harper, 2009. 加賀山卓朗訳『運命の日』上下巻. ハヤカワ・ミステリ文庫. 第一次世界大戦後のボストンを舞台にした歴史サスペンスドラマ。野球が物語の横糸となっている。

21. Harbach, Chad. *The Art of Fielding*. New York: Little, Brown &

Co, 2011. 土屋政雄訳『守備の極意』上下巻．早川書房．大学野球を扱った長編小説は珍しい。文学的言及に富んだ純文学小説。ミシガン湖に面した架空のリベラルアーツ大学ウェティッシュ大学の野球チームは、ハーマン・メルヴィルにちなんでハープーナーズと呼ばれている。メジャーのスカウトにも注目されている野手のヘンリーは誤送球でチームメートに重傷を負わせてしまう。ヘンリーとチームメートたちをめぐる青春群像。

ベースボール映画

22. Edelman, Rob. *Great Baseball Films: From Right Off the Bat to A League of Their Own.* New York: Citadel P, 1994. 代表的野球映画を網羅し紹介している。

23. Wood, Sam. *The Pride of the Yankees.* 1942.『打撃王』原作ポール・ギャリコ。筋萎縮性側索硬化症で夭折したヤンキースのルー・ゲーリッグの伝記映画。ゲイリー・クーパーがゲーリッグを演じる。ベーブ・ルースなどが本人役で登場するハリウッド古典期の代表的野球映画。

24. Berkeley, Busby. *Take Me out to the Ball Game.* 1949.『私を野球につれてって』フランク・シナトラ、ジーン・ケリー主演のミュージカル。

25. Abbott, George. *Damn Yankees.* 1958.『くたばれ！ヤンキース』リチャード・アドラー作曲の同題のミュージカルの映画化。

26. Ritchie, Michael. *The Bad News Bears.* 1976.『がんばれベアーズ』児童野球ものの傑作。今日見ると児童向けとは思えない大胆な作り。続編が次々と制作された。日本でも類似のテレビドラマが放映されたりした。

27. Hill, Walter. *Brewster's Millions.* 1985.『マイナー・ブラザース：史上最大の賭け』同題のリチャード・グリーヴスの長編が原作だが、原作は野球と無関係。冒頭に出てくる外野に線路が通っている実在の球場が見もの。

28. Shelton, Ron. *Bull Durham.* 1988.『さよならゲーム』野球映画ファンの間では評価の高い作品。ケヴィン・コスナーがマイナ

ーリーグ選手を演じる。
29. **Ward, David.** *Major League.* **1989.**『メジャーリーグ』チャーリー・シーン主演のコメディ映画。続編がさらに2本制作された。
30. **Schepisi, Fred.** *Mr. Baseball.* **1992.**『ミスター・ベースボール』中日ドラゴンズにトレードされる大リーガー。野球とベースボールの文化衝突。高倉健主演。
31. **Shelton, Ron.** *Cobb.*『タイ・カップ』1994. トミー・リー・ジョーンズが汚れた英雄タイ・カップを演じる。
32. **Sullivan, Kevin Rodney.** *Soul of the Game.* **1996.** メジャーリーグの人種統合をニグロリーグの視点から描いた長編テレビドラマ。スーパースター投手サチェル・ペイジ、黒いベーブ・ルースことジョシュ・ギブソン、果たしてどちらがメジャーに一番乗りするのか。
33. **Stone, III, Charles.** *Mr. 3000.* **2004.** 野球映画の試合シーンは残念なものが多いのだが、本作はプレーが見事。
34. **Nakano, Desmond.** *American Pastime.* **2007.**『アメリカンパスタイム：俺たちの星条旗』日本人収容所内の球場を含めて、生涯に4つもの球場を建てた日系移民の銭村健一郎の伝記にインスパイアされた物語映画。銭村については以下を参照。**Staples, Jr. Bill.** *Kenichi Zenimura: Japanese American Baseball Pioneer.* **Jefferson, NC: McFarland & Co, 2011.**

野球選手の口述自伝・聞き書き・回想録
35. **Ruth, Babe, and Bob Considine.** *The Babe Ruth Story.* **New York: E.P. Dutton, 1948.** 朝日新聞社訳『ベーブ・ルース物語』朝日新聞社．口述自伝。*The Saturday Evening Post* の連載をまとめたもの。映画化された。
36. **Campanella, Roy.** *It's Good to Be Alive.* **New York: Little Brown, Co, 1959.** ロイ・キャンパネラ（1921-1993）はニグロリーグからスカウトされたドジャースの捕手で、交通事故で下半身不随になり選手生命を絶たれた。本自伝は1974年にMichael Landon監督によりテレビ映画化された。

37. Brosnan, Jim. *The Long Season.* 1960. Chicago: Iavn R. Dee, 2002. 選手自身による回想録のはしり。
38. Paige, Leroy. *Maybe I'll Pitch Forever.* 1962. Bison Books, 1993. 佐山和夫訳『伝説の史上最速投手：サチェル・ペイジ自伝』草思社．ニグロリーグのスーパースターの自伝は目を見張るような逸話の数々と独特の語り口が魅力。テレビドラマ化もされた。**Colla, Richard A. *Don't Look Back: The Story of Leroy "Satchel" Paige.* 1981.**
39. Ritter, Lawrence S. Ed. *The Glory of Their Times: The Story of the Early Days of Baseball Told by the Men Who Played It.* 1966. New York: HarperCollins, 1992. リッターは経済学の教授。タイ・カップの死をきっかけに初期プロ野球の選手たちへのインタビューを敢行する。現在も版が途絶えることのない傑作聞き書き集。とりわけ冒頭ルーブ・マーカード（1886-1980）の虚気ないまぜの語りはすばらしく、マーカードはこのインタビューがきっかけで野球殿堂入りを果たしたと言われている。オーディオ・ブックも発売されており、選手の肉声を聞くことができる。
40. Bouton, Jim. *Ball Four.* 1970. New York: MacMillan, 1990. ヤンキースから新生チームシアトル・パイロッツを経て二軍落ちも経験した投手バウトンの口述回想録。出版当時はロッカールームの守秘義務を破って選手の生活を赤裸々に描いたことがセンセーションを巻き起こした。ニューヨーク・タイムズが選ぶ20世紀ノンフィクションのベスト100に選ばれた本作は、独特のユーモアと豊富な逸話、投手という人種の負けん気とベースボールをプレーすることの喜びに満ちている。日本ではなぜか続編『ボール・ファイブ』のみが翻訳されている。
41. Holway, John. *Voices from the Great Black Baseball Leagues.* 1975. Revised Edition. New York: Da Capo Press, 1992. ニグロリーグ選手の聞き書き集。本書をきっかけにニグロリーグの歴史研究がはじまった。ほかにも、**Holway, John B. *Blackball Stars: Negro League Pioneers.* 1988. New York: Carroll & Graf Publishers, 1992.**

42. Irvin, Monte. And James A. Riley. *Nice Guys Finish First: The Autobiography of Monte Irvin.* New York: Carroll & Graf Publishers, 1996. モンティ・アーヴィン（1919-）はニグロリーグからメジャーリーグへの長いキャリアを誇るプロ野球史の生き証人。
43. Fitts, Robert K. *Remembering Japanese Baseball: An Oral History of the Game.* Carbondale: Southern Illinois UP, 2005. キャッピー・原田を筆頭に、ウォーリー・与那嶺、ディック・柏端、ジーン・バック、ダリル・スペンサー……。戦後日本プロ野球に貢献したアメリカ人と日本人選手・監督の聞き書き集。日本の野球ファンにこそ読んで楽しんでほしい労作。翻訳が待たれる。
44. Robinson, jackie, and Alfred Duckett. *I Never Had It Made: An Autobiography of Jackie Robinson.* 1972. New York: HarperCollins, 1995. 宮川毅訳『ジャッキー・ロビンソン自伝：黒人初の大リーガー』ベースボール・マガジン社．ロビンソンの伝記は多いが、ここでは補足としてロビンソン本人が主演する伝記映画を挙げておく。Green, Alfred E. *The Jackie Robinson Story.* 1950.
45. O'Neil, Buck And Steve Wulf. *I Was Right on Time: My Journey from the Negro Leagues to the Majors.* New York: Simon & Schuster, 1996. バック・オニール（1911-2006）はケン・バーンズのドキュメンタリー『ベースボール』の語り部のひとりとして登場し、その人柄と話術でまたたく間に全米を魅了した。口述された本書は、ユーモアにあふれたみずみずしい語り口と印象的な逸話の数々が特徴で、野球選手の回顧録としてだけでなく、ジャズやブルースの最盛期、大恐慌時代、第二次世界大戦前後、公民権運動を網羅した20世紀アメリカ政治・文化史の物語としても価値ある傑作である。

文化としてのベースボール
46. 伊藤一雄, 馬立勝.『野球は言葉のスポーツ：アメリカ人と野球』東京：中公新書, 1991. メジャーリーグにまつわる引用の数々と

背景を紹介している。とりわけプレーに関する説明や描写が秀逸。

47. 関川夏央.『海峡を越えたホームラン：祖国という名の異文化』東京：双葉文庫, 1997. 本作は在日韓国人のプロ野球選手らが引退後に韓国プロ野球で奮闘するさまを追ったノンフィクション。アメリカ野球には触れていないが、移動労働者としての野球選手を描いた作品としては傑出している。

48. Pope, S.W. *Patriotic Games: Sporting Traditions in the American Imagination, 1876-1926.* New York: Oxford UP, 1997. スポーツがアメリカの愛国心鼓舞にあたって演じた役割を論じている。第4章が野球を扱う。

49. Light, Jonathan Fraser. *The Cultural Encyclopedia of Baseball.* Second Edition. New York: McFarland & Co, 2005. オーソドックスな表題とは裏腹に驚愕の奇書と呼ぶにふさわしい本書は、1100ページ以上に及ぶ「野球文化」のあらゆる事象についての百科事典。初版はインターネットのない時代にたったひとりで書かれたというから驚き。逸話が満載。

50. 川島浩平.『人種とスポーツ：黒人は本当に「速く」「強い」のか』東京：中公新書, 2012. メディアで脚光を浴びる黒人の「優れた身体能力」は遺伝によるものなのか、文化・社会環境によるものなのか——デリケートな問題をていねいに読み解いてくれる。

刊行にあたって

 いま、「教養」やリベラル・アーツと呼ばれるものをどのように捉えるべきか、教養教育をいかなる理念のもとでどのような内容と手法をもって行うのがよいのかとの議論が各所で行われています。これは国民全体で考えるべき課題ではありますが、とりわけ教育機関の責任は重大でこの問いに絶えず答えてゆくことが急務となっています。慶應義塾では、義塾における教養教育の休むことのない構築と、その基盤にある「教養」というものについての抜本的検討を研究課題として、2002年7月に「慶應義塾大学教養研究センター」を発足させました。その主たる目的は、多分野・多領域にまたがる内外との交流を軸に、教養と教養教育のあり方に関する研究活動を推進して、未来を切り拓くための知の継承と発展に貢献しようとすることにあります。

 教養教育の目指すところが、単なる細切れの知識で身を鎧うことではないのは明らかです。人類の知的営為の歴史を振り返れば、その目的は、人が他者や世界と向き合ったときに生じる問題の多様な局面を、人類の過去に照らしつつ「今、ここで」という現下の状況のただなかで受け止め、それを複眼的な視野のもとで理解し深く思惟をめぐらせる能力を身につけ、各人各様の方法で自己表現を果たせる知力を養うことにあると考えられます。当センターではこのような認識を最小限の前提として、時代の変化に対応できる教養教育についての総合的かつ抜本的な踏査・研究活動を組織して、その研究成果を広く社会に発信し積極的な提言を行うことを責務として活動しています。

 もとより、教養教育を担う教員は、教育者であると同時に研究者であり、その学術研究の成果が絶えず教育の場にフィードバックされねばならないという意味で、両者は不即不離の関係にあります。今回の「教養研究センター選書」の刊行は、当センター所属の教員・研究者が、最新の研究成果の一端を、いわゆる学術論文とはことなる啓蒙的な切り口をもって、学生諸君をはじめとする読者にいち早く発信し、その新鮮な知の生成に立ち会う機会を提供することで、研究・教育相互の活性化を図ろうとする試みです。これによって、研究者と読者とが、より双方向的な関係を築きあげることが可能になるものと期待しています。なお、〈Mundus Scientiae〉はラテン語で、「知の世界」または「学の世界」の意味で用いました。

 読者諸氏の忌憚のないご批判・ご叱正をお願いする次第です。

慶應義塾大学教養研究センター所長

吉田恭子（よしだきょうこ）
慶應義塾大学文学部准教授。1969年生まれ、福岡県出身。1994年京都大学文学部卒業、1996年同人間環境研究科博士前期課程修了、2001年ウィスコンシン大学ミルウォーキー校英文学科創作専攻博士号取得。英語による創作のかたわら、戦後のアメリカ小説に創作科教育が与えた影響を中心に、現代英語小説の研究を行っている。短編集 *Disorientalism*（Vagabond Press, 2014）、共著に『悪夢への変貌――作家たちの見たアメリカ』（松籟社, 2010）、『現代作家ガイド6 カート・ヴォネガット』（彩流社, 2012）などがある。日本の実験的現代詩と戯曲の翻訳も続けており、野村喜和夫対訳詩集 *Spectacle & Pigsty*（Forrest Ganderと共訳。OmniDawn, 2011. ロチェスター大学最優秀翻訳書賞詩部門受賞）、松田正隆 *PARK CITY*（YCAM, 2010）などを英訳している。

慶應義塾大学教養研究センター選書14

ベースボールを読む

2014年3月31日　初版第1刷発行

著者────────吉田恭子
発行────────慶應義塾大学教養研究センター
　　　　　　　　代表者　不破有理
　　　　　　　　〒223-8521　横浜市港北区日吉4-1-1
　　　　　　　　TEL：045-563-1111
　　　　　　　　Email：lib-arts@adst.keio.ac.jp
　　　　　　　　http://lib-arts.hc.keio.ac.jp/
制作・販売所────慶應義塾大学出版会株式会社
　　　　　　　　〒108-8346　東京都港区三田2-19-30
装丁────────斎田啓子
印刷・製本────株式会社 太平印刷社

©2014 Kyoko Yoshida
Printed in Japan　　ISBN978-4-7664-2138-5

慶應義塾大学教養研究センター選書

1 モノが語る日本の近現代生活
―近現代考古学のすすめ
桜井準也著　文献記録の乏しい地域や記録を残さなかった階層の人々の生活を、発掘資料から復元したり、ライフサイクルの変化を明らかにする近現代考古学の楽しさを伝える、新しい考古学のすすめ。　　　　　　　　　　　　　◎700円

2 ことばの生態系
―コミュニケーションは何でできているか
井上逸兵著　「すげー」「マジ」といった若者ことばや語尾上げことば、業界用語、「コンビニ敬語」など、コミュニケーション・ツールとしてのことばの変遷を身近な例にたとえながらわかりやすく解説する。　　　　　　　　　　　　　　　　◎700円

3 『ドラキュラ』からブンガク
―血、のみならず、口のすべて
武藤浩史著　『ドラキュラ』の中の謎や矛盾に焦点を当て、大学生や一般読者に物語テキスト読解のコツを伝授。多彩な要素が絡み合うなかを、領域横断的に読解する面白さとスキルを教える。　　　　　　　　　　　　　　　　　◎700円

4 アンクル・トムとメロドラマ
―19世紀アメリカにおける演劇・人種・社会
常山菜穂子著　19世紀のアメリカで大ヒットを記録した『アンクル・トムの小屋』を例に、演劇と社会の結びつきを明らかにするとともに、その作品の内に意識的／無意識的に織り込まれたアメリカの姿を描く。　　　　　　　　　　　　　◎700円

5 イェイツ―自己生成する詩人
萩原眞一著　「老境に差しかかって創作意欲が減退するのは、ひとえに性的能力が衰退したからに他ならない」と考えたイェイツは、ある若返り手術を受けた。創造的営為とセクシュアリティの関係に注目し、後期イェイツ作品を検証する。　◎700円

表示価格は刊行時の本体価格（税別）です。

慶應義塾大学教養研究センター選書

6 ジュール・ヴェルヌが描いた横浜
—「八十日間世界一周」の世界
新島進編 2009年、開港150周年を迎えた横浜の開港当時の姿を、ジュール・ヴェルヌの傑作『八十日間世界一周』から読み解く。　◎700円

7 メディア・リテラシー入門
—視覚表現のためのレッスン
佐藤元状・坂倉杏介著 メディアの読み方を考える。マンガ、映画、ビデオ・アートなどのさまざまなメディアの新しい"読み方"を紹介し、面白さを体感させるメディア・リテラシー入門書。　◎700円

8 身近なレトリックの世界を探る
—ことばからこころへ
金田一真澄著 日常のいたるところに使用されているレトリック技法を、特にTVCMを中心として紹介・解説する。また、これらの技法の分析から日本人の言語観の特殊性を指摘する。　◎700円

9 触れ、語れ—浮世絵をめぐる知的冒険
浮世絵ってどうやってみるんだ?会議編 慶應義塾が所有する高橋誠一郎浮世絵コレクションを通じて、江戸時代の出版文化を知る。また、視覚障害者のための触図を作る試みから、新たな表現力や想像力を養う方法を模索する。　◎700円

10 牧神の午後—マラルメを読もう
原大地著 ドビュッシーの管弦楽曲『「牧神の午後」への前奏曲』(1894)で広く知られるステファヌ・マラルメの詩にじっくりと取り組むことによって「読む」技術を身につける。同時に、言語表現としての詩の困難を認識し、その困難を乗り越えた際に広がる理想の光景と魅惑的な影像、魅力を伝える。　◎700円

表示価格は刊行時の本体価格(税別)です。

慶應義塾大学教養研究センター選書

11 産む身体を描く
—ドイツ・イギリスの近代産科医と解剖図
石原あえか編　ゲーテとその周辺の人物、画家で産婦人科医でもあったカール・グスタフ・カールス、18世紀以来のイギリスで関わった様々な人々を通して、産科が成立する過程と絵画芸術（解剖図）の関係を解き明かす。　◎700円

12 汎瞑想
—もう一つの生活、もう一つの文明へ
熊倉敬聡著　代日本を取り巻く過剰な資本主義。この貨幣記号増殖への異常な執着状態から脱するための手段として"瞑想"を提言し、"もう一つの文明"の可能性を模索する。　◎700円

13 感情資本主義に生まれて
—感情と身体の新たな地平を模索する
岡原正幸著　1960年代に登場した「感情社会学」とはどのようなものかを紹介し、昨今注目を集めている「感情労働」などをキーワードに現代社会の問題を論じ、それを打ち破るための著者自身の実践を紹介する。　◎700円

表示価格は刊行時の本体価格（税別）です。